U0017335

妖怪、神靈與奇事

台灣原住民故事

作者◎王洛夫
繪者◎陳盈帆

【序】

但願故事不失傳

王洛夫

我始終孺慕著大自然，因為親近她時，那分祥和與喜悅，是湧流自內心的清淨明澈。而原住民文化，與山林、海洋和土地緊密連結，深深的吸引著我。因此，在擔任教職的第一年，我選擇到蘭嶼的小學服務。

蘭嶼的天很藍、山很青，白白的浪花配上黑潮的洋流，讓我彷彿走進畫中。望海的涼台、屋外草地上的靠背石、隨風晃動的飛魚乾、海邊的拼板舟……都是我一生珍藏的畫面。還有那從老人家口中流傳的，不論是神話、鬼話或歌謠，在在吸引著我，帶給我許多的啟發。於是我懂了，喔，原來，人可以對山祈禱、向海祈福、和樹說話、唱歌給船聽……

人與大自然，可以和諧得像一首動聽的歌。這絕不是去觀光一次，就能體驗得到，而是居住兩年，融入當地風俗民情，才得到的寶貴心得。我將這份感動，寫成了一本小說《那一夏，我們在蘭嶼》，做為我對蘭嶼的獻禮。我很感謝雅美族（達悟族）人，他們給了我對原住民文化最好的啟蒙，也因為帶蘭嶼的學生到台灣作城鄉交流，我有機會欣賞到各族的歌舞表演。接下來，我開始欣賞各族的文化，閱讀各種神話故事，尋找故事中與天、地、自然母親的臍帶，獲得想像的力量。這些故事豐富了我的生命，接著，我開始在心中醞釀各族的故事，但一直只有零星發表。直到最近，這些醞釀已如老酒發出芬芳，恰好國語日報適時的專欄邀約，讓我心中的故事如清泉般湧出。

於是我為每一族寫了一篇故事，近年來，原住民族熱衷於復振運動與正名運動，已經通過國家正名的有十六族，因我現在居住於台北盆地，對於此地最早出現的凱達格蘭族，有一份特別的敬重，雖因漢化而未列於十六族中，我仍為他們寫了一篇故事。

這些故事中，包含了神話、傳統習俗、鬼神傳說、信仰祭儀等文化元素，並加入了現代的環保等議題，有些許改寫的內容，但盡可能的忠於原味，絕對是以一顆虔敬與尊重的心創作，源於對土地和大自然的孺慕，相信在這心靈的層面，是沒有族群之分的，若我有對各族文化不夠精確的詮釋，也請不吝賜教，以便未來修訂時可以改進。

土地是我們安身立命的文化之母，然而，現在我與各原住民族一樣，踏在自己的土地上，心中卻有了某種「鄉愁」。原住民文化賴以滋長的土地，已不再是原來的那片青山綠水，文化若不藉由復振運動，未來恐將越來越式微。尋找與土地母親的聯繫，可以藉助於故事，因為其中保存了人與土地的情感，還有代代相傳的生命力，只要故事不失傳，文化就有明天。

但願這些故事，能讓更多人再度與土地親密擁抱，當大家手牽手圍成圈，載歌載舞慶豐年時，便有真正的歡樂！

目次

台灣原住民族各族群分布區域圖

1 太魯閣族
2 撒奇萊雅族
3 阿美族
4 噶瑪蘭族
5 邵族
6 卑南族
7 雅美族（達悟族）
8 排灣族

9 布農族
10 魯凱族
11 拉阿魯哇族
12 卡那卡那富族
13 鄒族
14 賽德克族
15 泰雅族
16 賽夏族

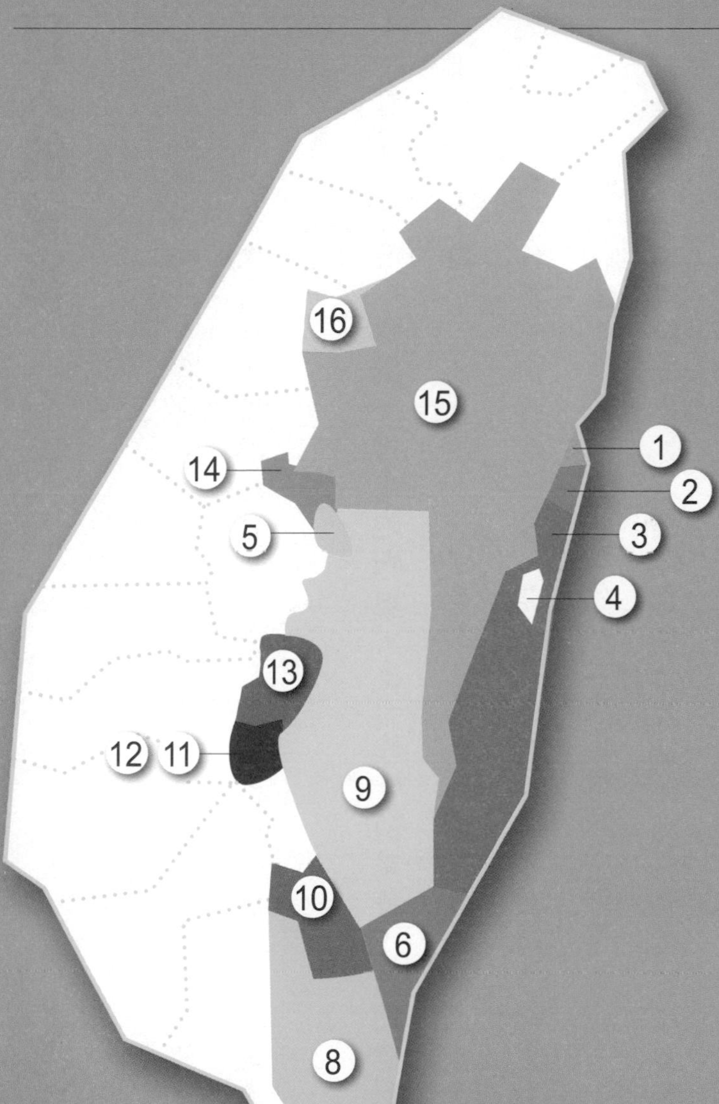
16
15
1
14
2
5
3
4
13
12
11
9
10
6
8
7

巨人的祕密

「蝴蝶，蝴蝶，等等我啊！」諾布追著一隻稀有的寬尾鳳蝶，那是傳說中的瑪拉公主，自從瀕臨絕種後，很難得見到呢！那美麗的後翼，有如頭目華麗的頭冠。

鳳蝶飛得像一陣風，諾布跑啊跑，氣喘吁吁的跟著，忽然聽到不遠處傳來「嘩……轟！」的巨響，一棵青翠油綠的大樹，轟的一聲倒了下來，地面都震動了，諾布的腳底發麻。朝著轟隆轟隆引擎聲的方向望去，一部像怪獸一樣的挖土機，張開長了利牙的大嘴，咬斷了樹根。

怎麼會？這片樹林是寬尾鳳蝶最後的希望，現在竟然要被剷除了！諾布既心痛又生氣，一路呼喚祖靈和天神，跑到挖土機前面，對著司機揮手：

「不要！不要！」

司機發現小鬼礙事，先罵幾句粗話，一看，還不走？就揮動著「怪手」想嚇走諾布，沒想到諾布太生氣，竟忘了要躲，砰的一聲，被怪手撞倒。

「喂！小子，醒醒啊！」

不知過了多久，諾布被一群人搖醒，他的頭好疼啊！他們穿著鹿皮，帶著弓箭，並且用族語交談。

諾布看看四周，挖土機不見了，山坡下的房屋消失了，取代的是傳統茅草屋，森林像畫一樣美，許多寬尾鳳蝶在枝枒上飛來飛去。諾布被扶著坐了起來，看看這群紋面的族人，問道：「你們……在拍電影嗎？」

「你說什麼？」這群人張大眼睛瞪著他。

咚！咚！咚！地面震動了起來。大家驚慌的尖叫，全跑光了，諾布疑惑的觀望四周，發現一雙大眼睛盯著他，地面好像突然升高，原來，諾布被一隻巨大的手掌抬了起來。

「啊！救命啊！救命啊！」諾布大叫。

「哈哈哈，你尿褲子了，好臭喔！」大巨人甩甩手。

「不要吃我，求求你！」

「嘿嘿，幹嘛吃你？我又不是野獸，我是天神哈默的養子，叫做塔西，住在太陽的上面。」

「這麼說，你也是神？」

「嗯！從前太陽離地面很近，植物都無法生長，自從人類拜託神鳥希立克來請求我父親把太陽拉高後，他一直很想知道人類過得怎麼樣，於是派我到地上來。」

塔西把諾布拎到河邊，在水裡洗一洗，然後要幫他吹乾，呼……，塔西吹了一口氣，竟然讓諾布在空中轉了好幾圈，眼看要撞上樹林，還好被族人們拉住。

「哇！謝謝啊，要不是你們，我就沒命啦！這是怎麼回事啊？」

族人們娓娓道來，巨人塔西打個噴嚏就引起龍捲風，走一步可以跨過一座山。他調皮又好奇，在這裡作怪一陣子了，有時把屋頂掀起來看，有時把全村的晚餐吃光，但是他也曾經幫大家趕走黑熊妖精、阻擋大洪水，還把小山踩平成平原，方便耕種，所以大家勉強忍受他。直到最近，他開始把族人當成昆蟲，吹到空中玩，太危險了，大家都受不了！接著，大家又開始七嘴八舌的討論起對付巨人的方法。

諾布說：「我爺爺說過大巨人的故事耶，最後他吞了滾燙的石頭，跌進海裡！」

「吞石頭？對！我怎麼沒想到，你真聰明啊！」頭目忽然有了靈感，對著諾布豎起大拇指。

「可是，他好像是神的兒子……」諾布皺著眉頭問。

「天曉得是神是鬼，沒辦法，為了族人的安全……」

頭目迅速的集合了勇士，開始收集木材生火，在懸崖邊烤一顆巨大的岩石。熊熊的火越燒越旺，把岩石烤得紅通通的發亮。大家大聲唱歌，假裝很開心的要分享山豬肉。諾布知道這時候說什麼也沒用，只好向哈默天神祈求，族人和大巨人都平安無事。

「呵呵呵……，好像很不錯，快讓我嘗嘗看。」腳步聲咚咚咚，塔西從懸崖下接近，張著大嘴，要族人把山豬肉滾進嘴裡。

諾布雙手遮著眼，只聽到唉唷……的大叫，塔西往後一倒，跌進大海裡去，掀起了海嘯，諾布跑到懸崖邊，發現塔西躺在海中，滾燙的岩石讓海水冒著蒸氣，塔西的雙腳趾尖露出海面，變成了兩座島嶼。

「塔西！塔西！」諾布緊張的喊著。忽然，他醒了過來，看見挖土機的司機，正緊張的將他搖醒。

「喂！小子，你沒事吧？挖土機這麼危險，怎麼隨便跑過來玩？」

諾布眨眨眼，沒看到懸崖，也沒見到塔西。難道是一場夢？

「我不是在玩，我要阻止挖土機。咦？你不是瓦旦叔叔嗎？怎麼會……？」

「我來工作呀！這裡

要蓋五星級飯店。」

「那，森林不就完了嗎？蝴蝶也會消失，你怎麼忍心？不要再挖了好嗎？」諾布拉住瓦旦叔叔的手臂。

「沒辦法，我要養家啊！」瓦旦叔叔甩開諾布。

「呵呵！讓我來。」一個低沉的聲音傳來，原來是大巨人，他舉起了挖土機。瓦旦叔叔感覺一陣搖晃，嚇得爬出駕駛座，看到挖土機被揉成圓球，趕緊尖叫著逃走。

「這，這不是夢吧？你不是掉到海裡去了？你沒死？」

「神是不會死的。那一天，我吃了石頭，覺得全身熱呼呼，所以躺在海水裡，想涼快一下，沒想到就睡著了。」

「哇！你不但可以吃石頭，連挖土機也能吃啊？可是，能消化得了嗎？」

「當然很難消化，所以我吃一餐可以飽好久。謝謝你們提供的石頭，我從來沒吃得那麼飽過，沒想到一覺睡了三百年，偶爾一翻身，就聽到人們尖叫地震了！而這次，我是聽到你的呼喚醒過來的。我隱形了，只有你看得見。」

這麼一說，諾布才知道，剛才回到了三百年前，原來，他是聽到諾布對祖靈和神明的呼喚，特地前來幫忙的。塔西答應會好好保護這片土地，但要諾布不能和任何人說。他吹了一口氣，從雙手中吹出好幾百隻蝴蝶，送給諾布，讓他開心得就像和蝴蝶一起飛翔似的。

建設公司後來又派了幾次挖土機來，都被隱形的塔西當成大餐，他們以為鬧鬼了，只好放棄。而巨人的祕密，只要諾布不說，永遠都是一個謎。

【簡介】

太魯閣族

地理分布：花蓮縣秀林鄉、萬榮鄉、卓溪鄉。

人口數：約三萬人。

正名：二〇〇四年，第十二族。

歷史：族人自稱為Truku（太魯閣），原意為「山腰的平台」、「可居住之地」、為防敵人偷襲的「瞭望台之地」。居住地區大約在現今太魯閣國家公園內。太魯閣族有多次抗日戰役，強悍的抵抗日本入侵者，一九一四年規模最大，日本動員軍警二萬多人，兵分三路，夾擊太魯閣族部落。太魯閣族男丁約二千五百至三千人，在山林中頑強抵抗許久，終於不敵，於三個月後棄械。而後太魯閣族人以立石頭為記號，紀念這段歷史。

遷徙：太魯閣族分支自賽德克亞群中的德路固群。大約在三、四百年前，西元十六世紀前後，因人口增加，耕地及獵區不足，族人開始由南投翻越中央山脈奇萊山，到東部的立霧溪、木瓜

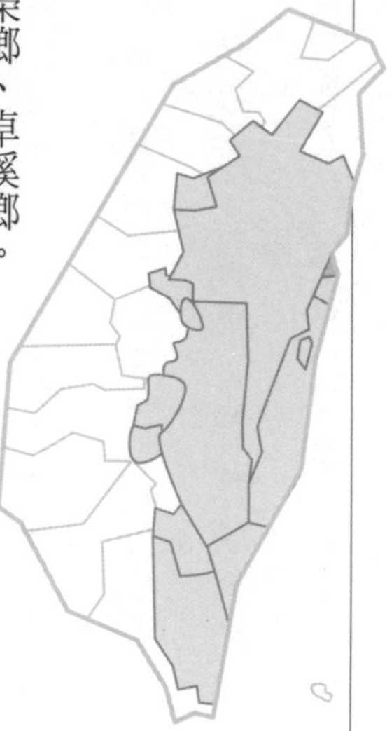

溪等地區定居，有部分遷居到今宜蘭南澳一帶，成為獨立族群。

社會制度：父系社會，財產由男性繼承。太魯閣族的祖先遺訓——Gaya，是家和部落的共同規範，每一個家或部落成員，都必須嚴格遵守，否則一人違規，全家或全部落都會遭殃。在太魯閣族人的部落中，由成員共同推舉聰明正直的人為頭目，頭目及其他幹部都是無給職的。

習俗特色：紋面、獵頭是過去太魯閣族的獨特習俗。太魯閣族有一個傳說，認為人過世以後，靈魂都會走過一道彩虹，祖靈會在橋的彼端迎接，而只有臉上具有紋面者，才能獲得接引。拔齒也是勇氣與忍耐痛苦能力的象徵。紋面和拔齒皆具成年之意，但現今習俗都已消失。「口簧琴」的做法是將桂竹片中間切空，鑲入一金屬片，兩側繫以細繩索，左手指纏住左側細繩固定，右手指拉扯右側繫繩，使它震動發音。獨特的服裝有象徵熊圖騰的菱形胸兜「英雄裝」，以及以白色貝珠、貝殼、核仁、翠玉及象牙串成七彩項鍊的珠衣最具特色。

宗教祭儀：每年七月小米收割後，是太魯閣族感恩祭（舊稱祖靈祭）的重要季節。此外還有織布祭、播種祭（十二月至隔年二月）、收穫祭（約六、七月）、狩獵祭、祈雨祭、祈晴祭等。

因火重生好預兆

花蓮縣豐濱鄉的磯崎部落，十月初正舉行火神祭。祭典就要開始了，大家忙著在祭屋裡放置檳榔、小米、麻糬、姑婆芋和米酒。這時，阿庫部卻憑空消失了。

「會不會被沙勞抓走了？」阿庫部的爸爸焦急的說：「這種『捉弄鬼』很可怕，我小時候在樹林裡看過，他一靠近，我就傻住了，被他帶去坐在樹上，被蚊子叮得滿身包，卻不能說話。」

叔叔接著說：「有一次我迷迷糊糊坐上牛車，車子走到山洞前面，才發現那原來是捉弄鬼變成的阿里卡該怪獸，張大嘴巴，露出尖牙要吃我……」

又是捉弄鬼，又是怪獸，阿庫部的爸媽擔心得眼眶泛紅。正說到緊張處，屋外傳來咚咚的鼓聲，那是頭目要大家集合的訊號。爸媽都負責祭典的重要工作，很難抽身，該怎麼辦呢？只好拜託族裡的老巫師幫忙。

老巫師閉上眼睛說：「不要煩惱這件事，好好祭火神吧！」

「不煩惱，怎麼可能？萬一……」

老巫師舉起連根帶葉的生薑，他噴灑酒沫，唸著：「讓我們以酒引路，以生薑為鑰，打開入天之門，請天、地、左、右之神降臨……」接著往山丘一指，爸爸知道，阿庫部一定在這個方向。但巫師隨即又比了一個禁止的手勢，要爸爸別去。

失蹤的這天早上，阿庫部在森林裡見到了一隻山豬，拿著弓箭追了過去，這時，樹叢中有一個黃色的捉弄鬼，被他抱住腳，阿庫部就不能動了，

他被放在檳榔樹上，樹搖啊晃啊，阿庫部嚇得要死。

「喂！怎麼欺負小孩？」阿庫部看到一個穿著傳統服飾的人，指著捉弄鬼。捉弄鬼立刻隱形，阿庫部被變成一隻透明的麻雀，像中了邪一樣，不自主的飛呀飛。那人手一揮，呼呼的吹起了一陣龍捲風，又把小米、紅藜等五穀的種子往空中一揚，被風捲上半空，然後像彩色的雨點一樣落下，穀粒黏在身上，捉弄鬼和阿庫部隱形的身體就出現了。

捉弄鬼控制著阿庫部，讓他飛到荒廢的小米田裡，田地裡都是雜草。那人隨即也追到，把袋子一撒，跑出很多小陀螺，他大喝一聲，陀螺越變越大，在田地裡轉呀轉，轉啊轉，越轉越快，嗡嗡嗡……的聲音越來越響亮。陀螺在田裡跑過來、跑過去，把土翻得鬆鬆軟軟。接著掀起一陣旋風，把田裡的雜草都捲上了天，露出一片肥沃的泥土。

這下田裡無處可躲了，阿庫部又被變成一隻田鼠，被捉弄鬼變成的貓啣著，鑽進田邊的灌木叢。此時，半空中又出現另一個人，用風車一指，轟隆隆，一聲雷響，點起紅紅的火苗，灌木叢瞬間起火，一會兒就燒得乾乾淨淨。貓被煙嗆得受不了，又變成老鷹，啣著田鼠飛上天。忽然，咻的一聲劃過半空，彈弓射出一個陀螺，打中了老鷹的頭，阿庫部便從空中落下，他啊……的大叫，眼看就要摔得粉身碎骨，沒想到，天空忽然出現一個樹皮做的風箏，把阿庫部接住了。

「還好，還好，遇到你們。」阿庫部慶幸的說：「請問兩位是……」

「我是智慧之神福通。這位用風車引火燒草叢的是火神古穆德．巴吉克。」

阿庫部仔細一看，跟雕塑的火神還真是神似呢！啊！真幸運，不然還不知道該怎麼脫身呢！

「這個風車送給你。」火神說：「風車的四個瓣，分別代表火神、天神、地神和生命之神，也就是天、地、左、右之神。有需要時，你可以用風車呼喚我。」

福通說：「你失蹤好久了，父母在找你呢！讓我送你回去吧。」

風車轉呀轉，像螺旋槳一樣，吹出一陣大風，把風箏吹到火神祭會場上空，底下頭目正在致詞：「一百多年前，清兵燒毀了我們的村子，祖先們逃到花蓮，改穿阿美族人的衣服，隱姓埋名。一百多年後，我們終於第一次舉行火神祭，現在，讓我們從火裡得到力量吧！」

「看哪！那是什麼？」

「是阿庫部？」

「怎麼會在風箏上？」

風箏安然降落在火神祭的會場，家人們衝上前去，緊緊抱住阿庫部。

「你去哪裡？我們擔心死了。」

「爸爸，媽媽，我遇到了天神。」

「真的嗎？」爸爸懷疑的說：「捉弄鬼有時候會假扮成天神。」

「真的是天神沒錯！」阿庫部點點頭說：「我先遇到捉弄鬼，他變成老鷹，把我抓上了天，是智慧之神福通用樹皮做成好大的一個風箏，把我救下

來的。」

爸爸媽媽一聽，趕緊對著天空敬拜，感謝福通。

「我還遇到火神呢！」

「哇！真的假的？」

「你看！」阿庫部拿出懷裡的風車說：「他送我的，還說，如果需要時，可以用這個法器來呼喚火神。」

「用這個？」媽媽接過風車，細細端詳。

「嗯！沒錯。」巫師走了過來，拿起風車，高舉起來：「你們看，火神的風車，我相信，阿庫部失蹤不是偶然的，而是一個好預兆，神靈要藉著他告訴我們，撒奇萊雅要重生了！」

咻、咻、咻！一支支的火箭劃破夜空，射向象徵清兵的稻草堆，引燃了熊熊烈火，祭屋火光沖天，族人們圍著烈火唱歌跳舞。阿庫部手上的風車，自動轉了起來，他瞧著風車，彷彿回到了達固灣部落，見到了當時清兵進攻，火燒村子的情景，看到了頭目古穆德・巴吉克和妻子，正指揮著族人逃出火堆，英勇的抵抗清兵。穿著紅、綠、藍、白、黑的五位使者，象徵五位保護神，保護當時逃難後生還的族人，也祝福現在所有的族人。

阿庫部聽到火神說：「撒奇萊雅的孩子，不要害怕。我們因火失散，也將因火重生。」聲音在耳邊迴盪，迴盪，阿庫部在時空中往返，族人們圍著火堆歡呼跳舞，歌聲越來越響亮。

【簡介】

撒奇萊雅族

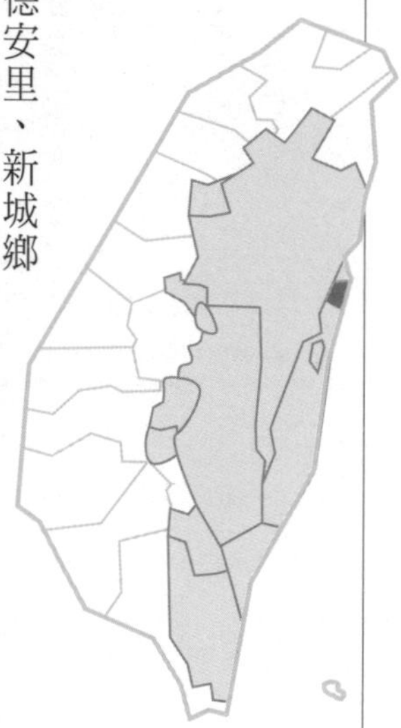

地理分布：花蓮市國福里及德安里、新城鄉北埔部落、瑞穗鄉馬力雲部落、豐濱鄉磯崎部落以及壽豐鄉水璉部落。主要在今日花蓮慈濟醫院附近，稱作「達固湖灣」。

人口數：約八百四十七人。

正名：二〇〇七年正名成為第十三族。

歷史：近代因接觸噶瑪蘭族人，學習水田耕作，因此水稻的種植歷史甚早。清治時期，因巡撫沈葆楨開山撫蕃政策，與清朝軍隊發生衝突，在加禮宛事件中，撒奇萊雅族遭清軍火攻，倖存者皆受阿美族部落保護，隱姓埋名假裝成阿美族人。族人於一九九〇年起發起正名運動，經過十七年努力，終於成功。

遷徙：隨著加禮宛事件的戰敗，加上日治時期為躲避勞役以及水災等因素，族人開始往平原以外的地方大範圍遷徙。

社會制度：撒奇萊雅族屬於母系社會，採入贅婚。有與阿美族相似的年齡階級，據日本學者的田野資料所記載，年齡階級是每五年進階一次。男子從嬰兒成長到十五歲的時期，這個階級為幼年級。十五歲到二十三歲為青年級的預備階級，必須要參加青年組前階級的未成年組，住宿在青年集會所裡頭接受訓練。

習俗特色：撒奇萊雅族原先主要的農作物為小米與旱稻，水稻則是在日治時期時，因開始頻繁接觸漢人與噶瑪蘭人後才開始種植。在收割小米前，全家會聚在戶外喝酒、吃糯米飯，再砍下臺灣山棕的葉子綁在小米上，準備慶祝豐收，然後每一家準備三塊糯米糕、酒和檳榔，放在家門口，迎接巫師的到來。陀螺是撒奇萊雅族重要的童玩之一，族人製作陀螺的材料，一般是用軟毛柿的枝幹當扶手，再加上七里香的果實或九芎、樟樹的莖。七里香的果實形狀與陀螺相似，孩童都會拿來當作「小陀螺」轉著玩，並模仿七里香的果實，以木頭為材料做成小陀螺。

宗教祭儀：巴拉瑪火神祭與傳統豐年祭不同，為撒奇萊雅族後人對祖先的追思祭典。祭典中共有七道法禮，並以紅、綠、藍、白、黑五色使者祈福。儀式中祝禱司為族人以酒沫噴灑蕉葉表示護身，而族人持火把巡禮繞圈，體驗及追緬先民落難情境。在祈福儀式後，舉行火葬儀式，燃燒火神太花棺，祈求火神的靈魂能與族人一起浴火重生。

「頭目，快想辦法呀！」少瑪拉匆匆忙忙的跑去求救，因為衝動的古拉斯為了想娶到少瑪拉，想找卡爾照比武，眼看一定會有人受傷。

頭目讓兩個青年比賽捕魚，誰在中午前抓到比較多魚，就算贏。卡爾照先對河神恭敬的說明來意，請求保佑，而這時古拉斯早已趁大家沒注意，偷偷擠出毒魚藤的汁液，讓小魚昏迷，再用魚網捕撈。卡爾照拿起長矛，在鵝卵石上跳呀跳，飛身起來，大喝一聲，將魚叉用力射出，卻不知被什麼東西絆住，頭下腳上，像根大棒子，重重敲向大石頭，咚一聲，立刻覺得眼前黑漆漆，許多星星飛來繞啊繞……

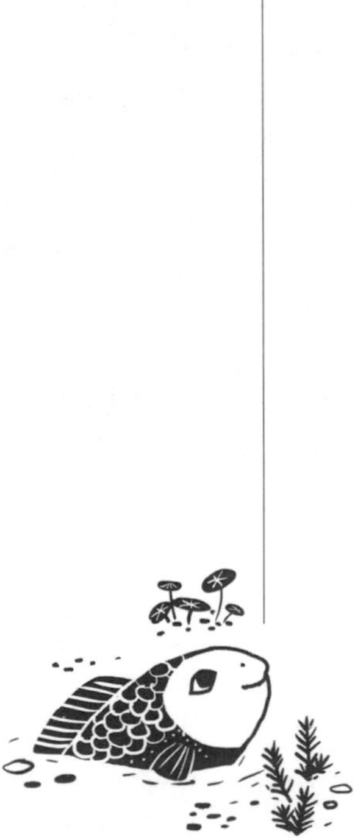

等卡爾照迷迷糊糊的醒來，滿天星星正好奇的對著他眨眼，再仔細看，星星原來是一群人的眼睛。發現卡爾照醒來，他們都圍過來關心。

「還好吧？」

「你已經昏睡三天了。」

「痛不痛？」

當然痛啊！卡爾照摸摸腦袋，發現腫了個大包，痛得不得了。幾十雙眼睛對著他瞧，看得他怪不好意思的。

「我……怎麼，會在這……裡呀？」卡爾照迷迷糊糊的問，先前分秒必爭的比賽，完全想不起來。

一位拄著拐杖的白髮老巫師說：「你跌得很重，所以我們把你帶回彩虹部落。」

彩虹部落？怎麼從來沒聽過這個部落？卡爾照再仔細一看，周圍的石頭都像山一樣高，自己和周圍的人都只有雨滴一般大，芒草就像一片森林。

老巫師說：「你就留在這裡，等傷好了再走吧。」夜深了，貓頭鷹開始嗚……嗚……的叫，卡爾照又沉沉的睡去。

第二天早上，卡爾照被耀眼的陽光喚醒，發現彩虹部落的人們都已起床，正要去溪邊，卡爾照正懷疑，雨滴般大小的人們，走到溪邊要多久呢？但沒想到，他們一下子全排成一列，邀請卡爾照，一起拉彎蘆葦，全部從這支蘆葦，跳到那支蘆葦，連續噗咚、噗咚、噗咚，跳了好遠好遠。卡爾照一不小心，沒抓住蘆葦，眼看要撞上石頭，忽然一道彩虹飄來，卡爾照竟然從彎彎的彩虹橋滑了下去，才發現那原來是大家手拉手變成的。

「撐竿跳不容易，你傷才剛好一些，又第一次跳，這樣已經不錯了。」

老巫師微笑著說。

才從驚嚇中恢復，看到溪裡的景象，又讓他好驚奇，彩虹部落的人們跳進水裡，晃呀晃，把小溪變成一道美麗的彩虹，彩虹裡出現一條大魚，對他說起話來：「卡爾照，謝謝你曾經救了我。」原來有一年河邊的泥地乾裂了，他曾幫助過陷在泥塘的小魚回到河裡，而現在小魚長得好大了。

「來吧！帶著我，去娶少瑪拉。」

誰是少瑪拉？卡爾照心中浮現她美麗的臉，這才突然想起，他昏倒前，正和古拉斯進行激烈的比賽呢！他驚慌的喊著：「喔！不，少瑪拉，少瑪拉……」

巫師拍拍卡爾照的肩膀，把他變回原來的大小，又變出一個大陶甕，要他裝了水，趕快帶著大魚去見頭目。在彩虹部落住了幾天，時間竟然又回到了比賽當時，太陽的位置已在天空中央。卡爾照跳過魚網時，發現自己原來是被古拉斯放的魚網給絆倒，而此時，古拉斯已帶著被他毒昏的許多小魚，去向頭目邀功。

卡爾照趕緊氣喘吁吁的跑去，卻聽到古拉斯的兄弟和朋友，已經圍著頭目大聲說：「古拉斯抓的魚比較多，古拉斯贏了！古拉斯贏了！」

頭目看到陶甕裡的魚，為難的說：「卡爾照雖然只抓了一條魚，可是，這條魚比所有小魚加起來還大。」

古拉斯說：「頭目，你自己說誰抓的魚比較『多』，怎麼說話不算話？」

頭目很為難，想了又想，終於大聲宣布：「好！算古拉斯捕魚贏一分，但誰能跳過懸崖，一次就可以得兩分！」

大家緊張的你看我，我看你，懸崖那麼寬，連最強壯的鹿也別想跳過，何況是人？崖下的溪谷，深得讓人看了都會猛然心跳，要是跌下去，就像把芋頭搗成芋泥一樣。

卡爾照說：「可不可以等一下？我先把魚放回河裡再跳。」

古拉斯笑著說：「魚本來就是要吃的啊！膽小鬼，現在不跳就認輸啊！我看你是不敢，才說要放魚？」

「不，他不只是魚，他是我的朋友！」烏鴉般聒噪的嘲笑聲中，卡爾照仍然堅持要把魚放回河裡，免得被大家吃了。這時，大魚抬頭對卡爾照說：「謝謝你，只要把我從懸崖丟下溪谷，就會沒事的，你可別輸了，要勇敢的跳過去唷！」

卡爾照看看溪谷，擔心大魚摔死，但大魚堅持，卡爾照只好照辦。大

魚從空中落下，翻了好幾個滾，才噗通一聲，濺起好大的水花，大家看了不禁喊出好長好長的一聲「哇……」。

古拉斯一看全身毛髮豎了起來，趕快對頭目說他肚子痛，要去上大號，藉機溜到樹林裡去。他想，如果卡爾照先掉下溪谷，比賽就會結束，自己就算不跳，也會娶到少瑪拉。

卡爾照決定用長矛撐竿跳，他跑得像一陣風，呼一下騰空跳起，成功躍過一半的距離，卻突然聽到啪的一聲巨響，長矛從中間斷裂，在大家的驚呼聲中，卡爾照像大魚一樣，扭動著身體，眼看就要掉落深谷。在這瞬間，溪谷上忽然起了大霧，金色陽光照耀，成了一道彩虹，卡爾照就從彩虹上，跳舞一般輕鬆的飄了過去。

掌聲比雷聲還響亮，驚嚇到樹林中的古拉斯。等他匆匆忙忙跑出來，發現少瑪拉已經流著喜悅的眼淚，緊緊擁抱著卡爾照，卻又實在鼓不起勇氣跳過去，只好悄悄的逃到別的部落去躲起來。

卡爾照後來成了英明的頭目，為了紀念這件事，少瑪拉織了一條彩虹布裙，這美麗的紋路和傳奇的故事，一直流傳到今天。

【簡介】

阿美族

地理分布：主要分布於花蓮、台東地區，少數分布於屏東縣牡丹鄉、滿州鄉一帶，大部分居住在平地。

人口數：約二十萬人。

歷史：荷蘭人為採金礦，曾與一些部落有過合作關係。清治時期反抗漢人欺壓曾發生「大港口事件」，日治時期曾因抗日發生「七腳川事件」。

遷徙：隨著經濟型態的轉變，長年旅居都會區的阿美族人，也在大台北和高雄等地，建立了以阿美族為主體的社區或聚落，如基隆市的奇浩社區和新北市汐止區的山光社區，目前在全國都有族人的身影。

社會制度：為母系社會，家族事務是以女性為主體，家族產業之繼承以家族長女為優先，家族多指母系一族。阿美族的男子入贅於女方家，在婚姻上有服役婚的觀念，也就是要為女方義務工作幾個月或一、二年。入贅是一件光榮的事情，男子可以藉此機會改善女方家的生活。男子在十三、四歲時，必須進入集會所接受成為男人的訓練。以二至五歲為一個階級，一起學習、生活，並住宿於集會所。縱然會所制度已經消失，但每年的豐年祭活動，依然遵守傳統，使文化的傳承得以延續。阿美族人在都市裡仍然保有集體工作的習性。

習俗特色：阿美族傳統文物中的陶製品、編藝品和其他手工藝品都很精巧。沿海一帶目前尚有部分部落，還保有製作傳統竹筏的技藝。阿美族的生活中有許多美妙的音樂，一些古調甚至被改編並傳唱至今。在傳統信仰上為泛靈信仰，各部落也有巫師和祭司系統，祖先或祖靈亦屬神靈，但不是指有專門神通或管理特定事務之神。西方宗教傳入後，許多族人改信西方宗教，而傳統信仰雖仍存在但並不普遍。

宗教祭儀：祭典有豐年祭、播種祭、捕魚祭、海祭、祈晴祭和祈雨祭等。豐年祭是阿美族重要的祭祀儀式，其重要性相當於漢人的農曆過年，是族人與祖先、神靈團聚的時間，通常在每年七至九月耕地收穫後進行。

冬瓜美女

有一個噶瑪蘭族的阿伯，在收集野菜時，發現了冬瓜的種子。他把種子帶回家，種在屋旁的空地。

在阿伯照顧下，種子很快的發芽茁壯，開了黃色的小花，不久後就結出一個翠綠透亮的小瓜，出奇的晶瑩、光滑，好像一塊玉！阿伯看了好興奮，更是天天去澆水、除草。這瓜的成長驚人的快，每天都看得出不同，而且裡面隱約有東西在動啊動，阿伯從早到晚要看好幾回呢！

一天天過去，瓜長得非常碩大，阿伯怕再不吃會變硬了，於是把它抱回家，準備分送親友，一路上瓜裡竟然有小腳輕輕在踢他！當他準備將瓜

剖開，竟然聽到嬰兒的哭聲：「不可以！怕怕唷！」

阿伯嚇了一跳，連退好幾步，突然，啪啦一聲，瓜竟然自動破開，裡面跳出一個粉嫩的小女娃。

「哇！好可愛。」阿伯滿心歡喜的抱著女娃說：「我沒有小孩，乖，妳就當我的女兒吧！」

女娃長得很快，幾個豐年祭過去，就成了長髮飄飄的美少女。阿伯發現，部落裡的男孩們都非常想接近她，總要想盡辦法跟她說話。她每次帶著陶甕去河邊取水，回家的路上，就有男孩們會想盡辦法逗她開心，然後跟她要水喝，冬瓜美女善良又樂於助人，還沒走回家，水就被男孩們要光了。

這卻讓阿伯非常擔憂，怕女兒如果太早出嫁，會得不到幸福。他懷疑

女兒已經有了喜歡的人，可是，配得上冬瓜美女的少年，一定要非常非常優秀才可以。

「部落裡的男孩，沒有一個夠格！」阿伯心想，這些男孩被女兒迷昏頭了，沒好好學本事，得想辦法訓練訓練才行。便試著放話：「冬瓜美女喜歡很強壯、能挑水的好男兒。」男孩們立刻爭著去挑水，一桶一桶放在屋外，阿伯發現真的有效，高興的收下了。

接著，阿伯又宣布，冬瓜美女喜歡會種田的男孩，大家都努力學習耕種，還帶來許多農作物當禮物，阿伯開心的分送給親友鄰居。阿伯又說，冬瓜美女想知道誰最會打獵，大夥兒便天天去森林裡磨練狩獵本事。阿伯常得意的自誇：「好女兒，好教練！讓部落產生更多勇士。」

雖然大家本事變好了，競爭卻也更激烈，麻煩跟著也變多。

「喂，聽我唱歌唷！」

「看我跳舞呀！」

男孩們常圍著她，說說笑笑、唱唱跳跳，冬瓜美女雖然很會織布，卻無法專心。而且族裡有禁忌，男人不能碰織布機，若碰了必定會發生不幸的事，阿伯看男孩們越來越靠近，越來越靠近……

「哼！看不下去了，我得做點事！」為了讓女兒嫁個好郎君，阿伯於是砍來很多竹子，每天咚咚咚、哐哐哐、鏘鏘鏘，蓋起一個高台，讓冬瓜美女在那上面專心織布。又怕男孩們到高台下走動，所以在高台外面，又圍起了一道竹籬笆。

阿伯一直在觀察，女兒最喜歡的男孩，到底是誰？該是那個高個子吧？他最會打獵，也可能是那個最會唱歌的，他笑得最可愛……

春風吹來，莿桐花開，有如紅紅的火焰在樹上燃燒，飛魚來了，每年的海祭跟著來臨，男孩們的心，也像滿樹的火焰一樣熱。

「嗨！冬瓜美女，我摘了莿桐花來。」

「我也有，比他的還多。」

「我也有……」

莿桐花雖然只能放在籬笆外，還是讓冬瓜美女的臉羞得像花一樣紅。

海祭前，阿伯要大家提供香蕉葉，不用兩天，香蕉葉堆滿了圍牆邊，像座綠油油的小山。阿伯要冬瓜美女織漂亮的香蕉衣，心想，將來好當新娘衣。男孩們要參加海祭，然後比賽捕魚。不用阿伯說，大家早就修整好竹筏、編織好魚網，準備大顯身手。

海祭那天，男孩們都去了海邊，冬瓜美女獨自一人，覺得很孤單，為了克服思念，只有不停的抽出香蕉葉裡的細絲。她紡紗的技術妙極了，雙手好像燕子在天空穿來穿去，刷刷刷，沙沙沙，兩三天就織出幾件美麗的衣裳。

男孩個個拚命，不怕海浪與艱辛，早出晚歸，常處在危險邊緣。全村的人都很好奇，海祭後，最會捕魚的勇士，有沒有機會接近冬瓜美女呢？三天下來，捕到的魚大大超過往年，阿伯得意的竊笑：「女兒真有魅力啊！只是不知道那幸運的男孩，到底會是誰呀？」

海祭接近尾聲，第四天早上，男孩們在大葉山欖樹下舉行完成年禮，便紛紛扛著魚，來到高台的籬笆外，呼喚冬瓜美女，阿伯忍不住好奇，到女兒耳邊，輕輕的問她……

冬瓜美女抬起頭，用感激的眼神凝望。「爸爸，我只想報答你……」

阿伯又欣喜，又煩惱，呼……忽然一陣大風吹來，織布的梭子被吹落，冬瓜美女伸手去撿，一彎腰，就這麼從高台上跌了下來，她的頭髮，瞬間變成了一條條綠藤，布滿了屋前的空地。大家驚訝的睜大眼，嚇呆了，只聽見阿伯傷心的罵：「哪個傢伙偷溜上去，碰了織布機？」他注意到有人流淚了，但他能改變什麼？

不久後，綠藤開滿了金黃色的小花，結出一個個小冬瓜，好像玉做的小葫蘆。阿伯把籬笆拆來做瓜架，男孩們止不住思念，常常來田裡看冬瓜，阿伯更是仔細端詳每個瓜，希望哪天裡面會再蹦出個女兒來。

「我可以抱一個回去嗎？」高個子的男孩問。阿伯從他的眼神，可以猜出，他應該就是女兒最喜歡的人吧！阿伯揮揮手，就抱吧！抱回家吧！也許裡面會蹦出美女，要好好珍惜她啊！去告訴所有想要的人，都抱一個回去吧，如果沒有蹦出美女，就把種子再種下去，也許有一天，也許……

故事就這麼像冬瓜藤一樣，越流傳越廣，噶瑪蘭族人，愛在住屋旁種冬瓜，冬瓜也總是好好報答族人，彷彿在感謝照顧之恩。

【簡介】

噶瑪蘭族

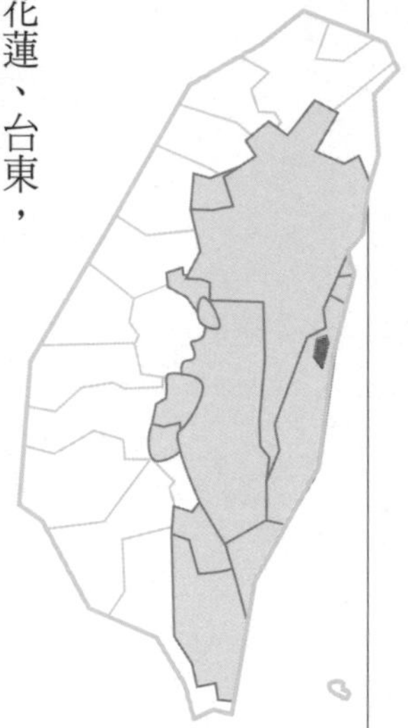

地理分布：主要分布在宜蘭、花蓮、台東，包括花蓮新城鄉嘉里灣部落、豐濱鄉豐濱部落、立德部落、新社部落、磯崎部落，台東長濱鄉樟原部落、大峰部落。

人口數：約一千三百六十八人（二〇一四年九月）。

正名：二〇〇二年，第十一族。

歷史：噶瑪蘭族是已知在蘭陽平原最早出現的原住民族。台灣的宜蘭地區，舊稱「蛤仔難」，正是「噶瑪蘭」（Kbalan）一語的音譯。「Kbalan」在噶瑪蘭語裡面，是「平原之人類」的意思，主要是族人用來區別當時居住於山區之泰雅族「Pusulan」的稱謂。雖與阿美族混居，但仍保留獨特的語言與風俗，因此能正名成功。

遷徙：漢人為侵占噶瑪蘭族的土地，將死貓、死狗丟入噶瑪蘭族的田地，使噶瑪蘭族因為不吉利而放棄田地。後來族人因為在加禮宛事件中戰敗，被清廷勒令遷徙，從此隱藏語言與穿著，長期與阿美族人混居，在正名前，曾被當成阿美族的一支。噶瑪蘭族因為戰亂、漢民族擴張等原因，由原居住地宜蘭，輾轉遷徙到花蓮與台東，現在居住在蘭陽平原的已經很少了。

社會制度：母系社會，行招贅婚，無階級的平等社會，男女都要下田工作，首領以推舉的方式產生。有事的時候，會以大海螺為號角，來召集大家。

習俗特色：噶瑪蘭族努力從事正名運動與復振運動，恢復或創新了一些傳統文化，如歌謠舞蹈、豐年祭、香蕉絲織布等，還建構出與噶瑪蘭族人相關的族群圖騰，如大葉山欖（gasop）等。大葉山欖是族人的聖樹，象徵旺盛頑強的生命力，不論族人遷往何處，總要在家門前種大葉山欖。因為相信萬物有靈而延伸出特有祭儀文化與治療儀式。治療儀式由巫師擔任，先以酒請示之後，再祈求祖靈降臨治病，在治病過程巫師還需吟唱專屬的歌曲。部落裡有祭司和巫醫（Mtiu）來負責靈與人之間的溝通，並為族人治病，由於是母系社會，祭司都由女性擔任。

宗教祭儀：新年祭祖 palilin，以家族為單位，祭祀過世的親人。與農漁業相關的祭典有入倉祭、海祭等。每年三到四月，當枝頭上火紅的刺桐花開時，便是族人捕飛魚和慶祝豐收的時節，男人們會聚集在海灘舉行海祭。

勇士除妖怪

邵族的祖先，因為追逐一隻大白鹿，發現了一個「青山愛擁抱、綠潭會微笑」的地方，就是現在的日月潭。因為魚兒多，土地肥，風景又優美，就決定居住下來。

潭裡魚多得嚇人，一下竿，魚兒馬上就在魚鉤上蹦蹦跳，裝滿樟木刨成的獨木舟。富足的日子一天天消失，族人漸漸才發現，近幾年，在湖中捕到的魚蝦少得可憐，得用魚網、魚簍、蝦籃，費盡力氣，才能捕到一點點。奇怪的是，魚簍、蝦籃都被鉤壞，卻找不出破壞者是誰。

「嗯……搞不好是哪個妖怪！」頭目說：「讓我來請祖靈幫忙。」

族人聚集在拉魯島的老茄苳樹下，巴歇拉（邵族語：女巫）邊灑酒，邊對祖靈祈禱。

祭告祖靈之後，頭目決定挑選族裡的第一勇士努瑪，向巴歇拉學了巫術，便要去除妖。努瑪的肌肉結實得像石頭，游泳像魚一般快，還能像烏龜一樣，在水底很久不呼吸。努瑪戴上祖靈祝福過的腰帶，在湖邊日夜守候。

清晨，太陽叫醒了霧氣，霧氣打著哈欠，伸伸懶腰，輕輕飄起，黃昏，雲兒挾著金色的絲線，用橙紅的雲霞，抹紅湖水的臉，月亮像戴著百合花的新娘，在水波上盪呀盪、晃呀晃，調皮的跳舞。努瑪只見月落日出，日出月落，許多影子在水波上游來飛去，但都是山、樹、飛鼠、燕子和雲……怪了！竟連個人影或妖影、鬼影都沒有！

努瑪決定變成大白鹿，免得破壞者因為見到有人，不敢出來。一直熬到深夜，終於見到一個長髮美女，頭上戴著百合花環，從湖底慢慢浮出，斜靠在石頭上，對著月光梳頭，一會兒又游到岸邊編織花環，金色月光照得頭上兩支角亮晃晃。

奇怪！世上竟有頭上長鹿角的女孩？大白鹿慢慢接近，見到美女的下半身，不是修長的腿，而是鑲著銀白鱗片的魚尾，映照著月光，竟有許多小眼睛，一眨一眨。哇！美極了，努瑪想，若她不是妖怪，鐵定人見人愛。不！被她迷住可不行，努瑪提醒自己，搞不好美麗是詭計。

「哪來的臭妖怪？」努瑪變回人形，用宏亮的聲音大喊：「害我們沒魚沒蝦？」

「真沒禮貌，誰是臭妖怪啊？」

「哼！少囉嗦，還我魚蝦來。」努瑪拿起長矛，攻了過去。

美女的長髮，瞬間變成了千萬條的水蛇，纏住努瑪的手腳和長矛。

「你這傢伙真粗魯，我叫達克拉哈，魚蝦都是我的孩子！」

「胡說！魚蝦是神靈賜給邵族的，憑什麼是妳的孩子？」

「看來，不給點教訓不行？」

努瑪力大無窮，翻起了高過山巔的巨浪，雙方在水中打鬥，三天三夜不分勝負。但努瑪發現水蛇越來越多，被纏得喘不過氣，又無法掙脫，於是變成一隻小魚，往湖底游去，混在一群小魚中間。達克拉哈變成大鯰魚，追了過去。張大嘴巴，露出尖牙，小魚知道那是達克拉哈，都不閃躲，只有努瑪害怕的游開，一緊張，沒注意，竟然卡進魚網裡，啪啦啪啦的掙扎，卻動彈不得，只能緊張的吐泡泡，心想這下完了！

鯰魚張大嘴撲過來，咬下去，嘴裡卻沒有努瑪，原來，他呼請祖靈護佑，腰帶發光，讓他變成小蝦，用鉗子剪斷魚網，從鯰魚嘴縫邊溜走了。

小蝦鑽進泥裡，躲了起來。達克拉哈將鯰魚的鬍鬚變長，在泥裡來來回回，掃過來，又掃過去，鬍鬚上長了千百隻小眼睛，看得清任何小螺、小貝、小蝦、小蟹，努瑪悄悄的後退，再後退，先退到石頭縫、泥灘地，又退到枯樹枝裡，卻突然發現他的背後，唉唷！有鯰魚的鬍鬚，張著眼在看他！努瑪嚇了一大跳，改往前游，卻發現被枯樹枝困住，動彈不得，再仔細看，這哪是枯樹枝，根本就是捕蝦籠！

「嘿嘿！被自己設的陷阱困住了？」達克拉哈變回原形，抓起捕蝦籠，看著小蝦說：「哈！看你往哪裡跑？」

努瑪跑不了，只能揮舞著兩隻鉗子，罵著：「臭妖怪，為什麼破壞我們的魚網和捕蝦籠？」

「你先回答我，你把自己變得那麼小，竟然還被困住，就快沒命了，這樣子捕魚是不是很可怕？」

努瑪愣住了，的確，這種捕魚方法真可怕！

達克拉哈說：「你們族人用的網那麼細，魚籃和蝦籠的孔那麼小，連小魚小蝦都不放過，牠們沒機會長大，當然沒魚沒蝦。」

喔……，原來如此啊！努瑪覺得很慚愧，原來是族人濫捕才造成魚蝦大量減少，達克拉哈為了拯救小魚小蝦，只好破壞族人放置的捕魚工具，

不是找麻煩，而是想幫助大家。

「對不起啦……」努瑪變回原形，垂著頭，疲倦又洩氣的說：「唉，好吧，現在妳還想吃我嗎？」

「傻瓜！我又不是妖怪，吃你幹什麼？」達克拉哈調皮的用尾巴一甩，潑得努瑪一身濕，俏皮的說：「而且你好幾天沒洗澡，臭死了！連老鼠都不想吃你。」尾巴上的小眼睛盯得努瑪臉都紅了。

努瑪放心的笑了，原來達克拉哈有善良可愛的一面，於是努瑪向達克拉哈請教復育魚蝦的辦法，達克拉哈很慷慨的教努瑪種植浮田的技術，建議努瑪要在竹筏上放置泥土，種植五穀，竹筏底下，魚蝦可以有躲藏的家，就能平安長大，而且農作物生長快速又肥美，更不會被老鼠偷吃掉。

努瑪回到岸上，把他的奇遇告訴族人，頭目立即將附近各部落的頭目召集，轉告大家。不久後，日月潭上出現了一畦畦綠油油的浮田，魚蝦也越來越多。春天豐收祭的時候，頭目和巴歇拉把好消息稟告祖靈，象徵邵族運勢的大茄苳樹，長出更多的嫩葉，沙沙沙的微笑唱著：「伊達邵，伊達邵，邵族子孫哈哈笑，發嫩葉，生枝條，春風吹，更繁茂……」

【簡介】

邵族

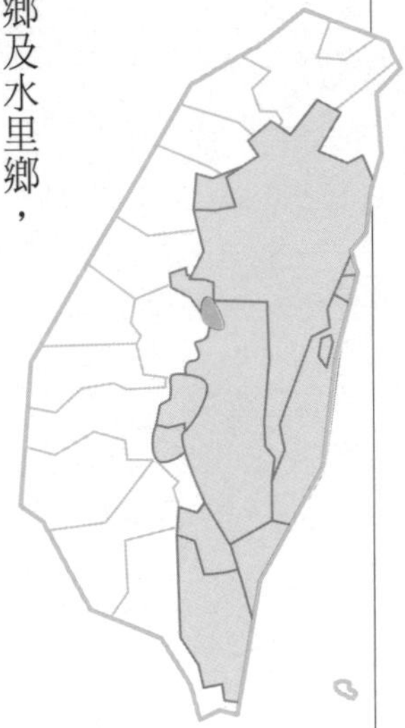

地理分布：分布於南投縣魚池鄉及水里鄉，大部分居住在日月潭畔的日月村。

人口數：約七百六十六人（二〇一五年八月數據）。

正名：二〇〇一年正名成為第十族。

歷史：林爽文事件中協助清廷平亂有功，獲得表彰。因語言、習俗與鄒族頗不同，所以發起正名運動。

遷徙：傳說邵族的祖先因為追逐一隻大白鹿，發現了日月潭這片豐美之地，便從阿里山原住地搬遷過來。

社會制度：父系社會，頭目平時是部落祭儀的決策者，也是社會事務的仲裁者，職位通常由長子世襲。

習俗特色：在公媽籃中，放置著祖先曾經穿戴過的衣服和飾品，稱祖靈籃，是祖靈信仰的具體方式。祖靈籃保護著全家人的平安，平日不可隨意移動，若遇家中有事，小從買賣牲畜，大至婚喪喜慶，都必須請祭師來向祖靈報告祝禱。邵族是擅長漁獵的族群，他們發展出獨特的漁獵方式，例如：「浮嶼誘魚」、「魚筌誘魚」等。拉魯島沿岸的穀倉是特殊建築，使用八或十枝很長很粗的竹子插在水底，竹子的上端露出水面，在上面搭設牆和屋頂，將穀子放在裡面，無須擔心被老鼠偷吃，而且可以防火。邵族的杵音，起源於婦女們在收成時將穀物去殼，各家同時用木樁在石塊上搥打稻穗，因此部落中有著叮叮咚咚的聲響，族人覺得聲音富含節奏，且配合著族中婦女們此起彼落的律動美感，所呈現出來的和諧畫面，發展成遠近馳名的杵音之舞。早在日治時代，「湖上杵聲」已成為日月潭八景之一。

宗教祭儀：祭典有播種祭、狩獵祭、豐年祭等。邵族的祭師稱為「先生媽」，全由六位女性擔任，主要負責的工作是和祖靈溝通與主持祭儀的進行。先生媽在邵族的社會很受人敬重，必須是位家庭與婚姻幸福的人才有資格擔任。六位先生媽又個別掌管數個姓氏的祭儀，繼任人選必須在資深的先生媽陪伴下，到祖靈地拉魯島獲得祖靈的認可之後，才算通過完整的儀式。祖靈居住在拉魯島的大茄苳樹上，是最具權威的神，能驅除惡靈，也是女祭司共同的祖師。

神鹿與公主

曾有一位卑南族頭目的女兒撒米梨歌，心地善良又美麗如花。她有一位從小一起長大的玩伴，名叫阿棟，他們常常一起上山去玩，但撒米梨歌從來不知道阿棟住在哪裡。

有一天，兩人一起到溪邊採花，撒米梨歌編織了一個花環，讓阿棟戴上，阿棟開心的往山裡飛奔，失去了蹤影，好一會兒後，撒米梨歌看到花環，以為是阿棟回來了，追了過去，卻發現一隻俊美的鹿，鹿角上頂著花環，踏著達達的蹄聲跳著舞。

撒米梨歌被眼前的景象嚇了一跳，喊著：「阿棟！阿棟！」

鹿被嚇了一跳，變回阿棟的樣子。

「阿棟，你怎麼了？」

「我……我只是太高興了。」阿棟踩著跳舞的步伐說：「來，送給妳，這是山神給我的護身符。」阿棟取下脖子上的七彩琉璃珠項鍊，為撒米梨歌戴上。

「現在妳知道我的祕密了，請千萬別告訴別人唷！」

撒米梨歌不在乎阿棟是不是一隻鹿，她每天都上山去，和阿棟一起玩，他們走遍了深山溪谷，一起撿拾楓葉、採摘野菜野果、欣賞夕陽……美好的日子，很快的一天天過去，撒米梨歌已經從一個小女孩，長成了一個亭亭玉立的少女。

有一天，撒米梨歌從山上回來，發現自己的兄弟們，在會所裡操練得

滿身大汗，氣喘吁吁的跑回家。

「發生了什麼事？你們怎麼累成這樣？」撒米梨歌面色憂愁的問。

「妳不知道嗎？大獵祭就快到了，我們要練好身體，才能打到獵物，得到族人的尊敬。」大哥說：「成年會所的青年，還要互相較量一下呢。」

兩個弟弟，去年才加入少年會所，雖然不久前才通過抓猴子的團隊打獵考驗，現在也興奮的為大哥加油打氣，要觀摩大哥如何打獵。等他們再大一點，就也能進入成年會所，在大獵祭一展身手。

「不……」撒米梨歌一聽，簡直嚇壞了，眼淚就快要掉下來。

「妹妹，妳怎麼了？」

「大哥，你不覺得，那些動物很可憐嗎，牠們也有家人，也有朋友？」

「喔……原來妳在想這個。」大哥拍拍她的頭說：「好吧，我如果遇到還沒長大的動物，會放過牠們的，別擔心。」

可是，撒米梨歌還是擔心得很，決定說實話：「我最好的朋友，是一隻大公鹿，所以我覺得所有的鹿都好可愛，你可不可以少射幾箭，放過牠們？」

「哈哈，妳有動物朋友？」大哥摸著箭。這可是第一次聽到，有人在大獵祭時，要獵人少射幾箭。

「那隻鹿頭上戴著花環，你如果看到，一定要放過牠。」

「好啦，好啦……」大哥無奈的笑著，心裡仍只想著要如何表現得英勇，沒有把撒米梨歌的話當一回事。

大獵祭早上，會所的青年，各個精神抖擻，唱著戰歌。少年會所裡的少年人，雖然不能一起上山打獵，但也都興奮的唱歌跳舞，送兄長們出發。撒米梨歌在家裡擔心的等著，坐立難安，食不下嚥。太陽緩緩下山了，天邊布滿橙紅的晚霞，上山打獵的青年，遠遠高聲嗚嗚喊叫，通報收穫豐富。

村子裡點燃熊熊的營火，迎接勇士們凱旋歸來，撒米梨歌急著奔跑過去，一見到大哥，就緊張的問：「有沒有看到掛著花環的鹿。」「有，有。」大哥爽朗的笑著說：「放心，我沒有射牠，讓牠跑掉了。」撒米梨歌聽了才比較安心，回到村子等待祭典舉行。青年們紛紛把獵到的獵物，放在火堆前，準備和大家分享烤肉大餐。

撒米梨歌正慶幸著，卻聽到父親在遠處大喊：「喂！這是今天最大的獵物喔！」

撒米梨歌有種不祥的預感，等父親把扛著的鹿放下，她尖叫一聲，淚流滿面，用力扯著大哥的手問：「你不是說要放過牠嗎？你答應我的，怎麼說話不算話？」

「這是阿爸打的！」大哥無辜的說：「我是放過戴著花環的鹿啊！但不是這隻，而是一隻小鹿。」

「怎，怎麼會？怎麼會？」撒米梨歌使勁的搖著頭，揉著眼，希望自己看錯了，但是，這對鹿角，每天見到，不會錯，就是阿棟。她心裡還罵著，這個笨阿棟、傻阿棟，一定是為了救小鹿，才會把花環給牠戴上。可是，你答應過我，要陪我一起長大的呀！怎麼說話不算話？

這時候，山神的七彩項鍊發光了，撒米梨歌的靈魂飛了起來，看到阿棟，從天上飛過來，牽起她的手一起飛翔。撒米梨歌看見自己的身體彷彿睡著了，被爸爸和大哥抬回家去休息，族裡的巫師正在她身邊作法，想幫助她醒過來。

阿棟說：「別擔心，我因為捨身幫助其他的鹿，所以變成神鹿了，現在的生命是永遠的。」

「喔！好可惡，讓我擔心得要死，真是的！」

「還記得我送妳的琉璃珠項鍊嗎？」

「嗯！正掛在我脖子上呢。」

阿棟告訴撒米梨歌，山神的琉璃珠項鍊，具有神奇的法力，可以用來幫助遇到麻煩的人和小動物。

阿棟微笑說再見，撒米梨歌便醒了過來，發現自己躺在家裡，女巫正焦急的看著她，等她張開眼，女巫便說：「妳一定是被嚇壞了，我使了好久的收驚巫術，終於讓妳醒過來了。」

撒米梨歌把發生的事告訴女巫，女巫聽了很驚訝。「啊！妳就是祖靈託夢指定的傳人，我前幾天一直做同樣的夢，一個女孩得到鹿神的幫助，會成為最出色的女巫。」

這件事之後，撒米梨歌就跟著女巫學習巫術，結果發現她果然擁有不凡的天賦，不但能幫人醫病，還能和各種動物溝通。靠著山神的琉璃珠項鍊，當撒米梨歌遇到疑難問題，尤其和動物有關的事情，都能請阿棟幫忙，還可以和阿棟一起欣賞溪流、瀑布和彩霞，他們永遠是最好的朋友。這個故事，也一直流傳到現在。

【簡介】

卑南族

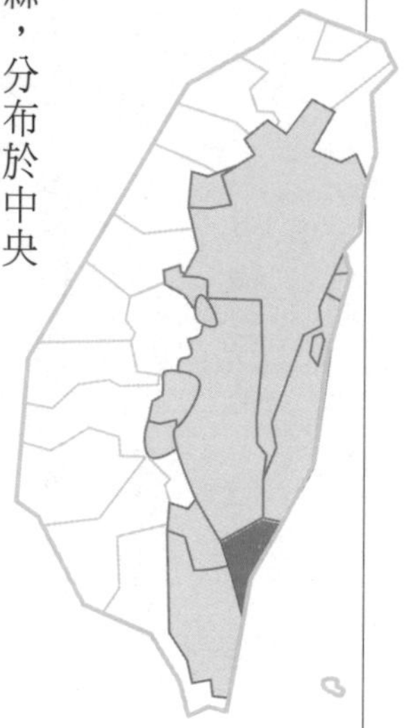

地理分布：主要居住於台東縣，分布於中央山脈以東，卑南溪以南的海岸地區，以及花東縱谷南方的高山地區。

人口數：約一萬三千三百二十六人（二〇一四年九月）。

歷史：清康熙年間，以卑南社為主的族人，平定了朱一貴之亂的餘黨。因此被清廷冊封為「卑南大王」，並且賜予朝服，鄰近的阿美族、排灣族都要向其納貢、賦稅，這是卑南族的全盛時期，也是族人至今津津樂道的光榮史蹟。

遷徙：祖先來自南洋的菲律賓，或是印度尼西亞群島。

社會制度：母系社會，男子入贅，財產母傳女。

習俗特色：特有的會所文化，少年從十二、三歲就進入少年會所，接受打屁股、刺猴等訓練，約十八歲時進入青年會所，擔任服事長老、雜役等工作。花環代表男子的成年，男生在大獵祭中通過考驗，舉行成年禮儀式後，才能參加各類成人活動和祭儀。族中流傳著精湛的刺繡手藝，以十字繡法最普遍，人形舞蹈紋是卑南族特有的圖案。

宗教祭儀：早期卑南族的巫術十分盛行，其他族群的人都懼怕三分。巫術又分為白巫與黑巫，白巫替人治病，黑巫施咒害人。「年祭」從十二月二十四日起至元月二日止，是卑南八社對青少年驅邪活動、猴祭、大獵祭、聯合年祭的一系列活動的總稱。青少年驅邪活動：十二月二十四日晚上全村的小孩赤裸上身，臉上塗抹炭灰，手拿芭蕉葉至各家戶驅除不淨，迎接新的一年來臨。「少年猴祭」：舉辦時間在十二月二十五日。藉著刺猴培養少年的膽識及殺敵的氣概，由於動物保育猴子由草猴代替。「大獵祭」：也稱為「戰祭」，原意為年度狩獵、復仇獵首，可長達數個月，目前改為由長老主導在野地紮營抓田鼠。「聯合年祭」：元月二日舉行，由八社輪流舉辦表演及競賽。另有「收穫祭」在七月中旬舉行，又稱為「海祭」，在海邊往蘭嶼的方向遙祭帶小米種籽到人間的兩位神祇。

夜航奇遇

飛魚追著春神的行蹤，從遙遠的南方，讓溫暖潮水輕推，嘻嘻哈哈的跳著、飛著、游著，來到美麗的蘭嶼。當夕陽將百合花的雪白染成金黃，馬的任正要出海夜航。

「咦？什麼怪東西呀？」岸邊有怪異的螢光，馬的任用手撈起來，黏黏、滑滑又帶著腥味。螢光像鬼火，閃閃爍爍，如惡靈的小眼眨呀眨，讓飛魚很難捕獲。

馬的任划著拼板舟出航，因為擔心船兒空空會被取笑，心中呼喚：「神靈啊！請幫助我趕走惡靈，帶來豐收吧！」

突然嘩啦一聲，海面上出現了一隻大鯊魚，呼喚著：「勇敢的孩子，跟我來，別怕。」

「你，你，你到底是誰？」

「我是鯊魚神，想知道祕密，就跟我來。」

馬的任雖然發抖，很擔心喚來惡靈，但抵不過好奇心。鯊魚神背著馬的任，嘩的跳上燦爛的彩雲，又滂沛的震動，像座山頭墜落海中，呼一下潛下海底，馬的任這才開心起來，張開嘴和海鰻比誰嘴巴大，和八腳章魚握手，摸摸旗魚的長鼻子，拍拍海蛇的尾巴。他想起爺爺說的故事，很久以前，曾有個男孩和鯊魚成了朋友，在海底探險……

「對，那隻鯊魚就是我。」鯊魚神竟然能「聽」到馬的任在想什麼。

「在達悟人眼中，鯊魚是魚類中最醜、最不吉利的，可是，自從我幫

助過小男孩之後，已經被海神封為鯊魚神了，想不到吧？」

鯊魚神帶著馬的任到海底的宮殿，見到紅、橙、黃、綠、藍、靛、紫各色的花朵，再仔細看，原來是各種形狀的鐘乳石柱上附生了各種珊瑚。

「哇！這，難道……就是傳說中的海神時鐘？」

「嗯！沒錯。」

馬的任看著各種形狀的珊瑚，簡直像個動物園，有鸚鵡螺、魚龍、旗魚、章魚、鯊魚、飛魚……等各種水中生物，看起來活跳跳，隨時可以蹦出來似的。

「你看，這些鐘乳石和珊瑚，一年只長一小圈，都是經過百千萬億年，才能長得那麼大，牠們記錄了海神的時間，也就是……海神心愛的孩子們的樣子。」

「哇！簡直是海底博物館，有幾十億年的回憶吧？」馬的任驚訝的說：

「可是，這和螢光有什麼關係呢？」

「飛魚把惡靈水母吞下肚就會生病，如果再不想辦法，只要這個飛魚珊瑚再長大一寸，飛魚就要全部滅絕。」

「什，什麼？怎麼可能？」馬的任聽了大吃一驚的問：「我有沒有聽錯？」

「是真的！」鯊魚神表情嚴肅的說：「到時候，飛魚們就會飛上天，成為流星永不回頭！」

鯊魚神把祕密告訴馬的任，原來飛魚們吞下許多「惡靈水母」，消化不了，卻又吐不出來。海龜、旗魚、海豚、海鳥……，各種吃下它們的動物，都已經魂飛雲端了。

「喔！真可惡！」馬的任握起拳頭說：「竟然害死我的朋友，讓我來清掉這些惡靈水母！」

「勇敢去做吧！」鯊魚神眼睛放出兩道金光，照著馬的任說：「你是閃亮的希望，當個勇士響噹噹！」

鯊魚神載著馬的任，嘩啦一聲，躍出了水面。馬的任回到船上，拿起撈魚網，撈起大大小小的惡靈水母。

「可惡的惡靈，竟然會發光？」馬的任咒罵著。

「哼！誰說的？」

馬的任東看西看，不知道聲音從哪裡來。

「惡靈水母不會發光，我們是螢光細菌，不是惡靈。」

「細菌？」馬的任看看惡靈水母，上面竟然有許多小細菌張牙舞爪的抗議。

「你們這些傢伙，不是專門害人的嗎？」馬的任懷疑的問。

「才不是呢！我們是海神的好幫手，是去汙小精靈！只有我們能消化惡靈水母。」細菌們大叫著：「你再仔細想，惡靈水母是什麼？」

「不就是，嗯……」馬的任攤攤手說：「惡靈養的水母嗎？」

「錯！它們是全世界人類製造的，我們只負責吃，吃，吃，嘿嘿嘿……，搞不好，惡靈就是人類的貪心……」細菌尖笑著。

「啊！我這個傻瓜。」馬的任拍拍後腦勺，恍然大悟的說：「惡靈水母，不就是塑膠袋嗎？」

細菌們滿意的笑了，馬的任則像中了邪一樣的唸唸有詞……惡靈水母，是人類製造的……所以，人類，也就是惡靈……

「啊……我不是！我才不是！」馬的任大叫起來，發瘋似的拚命撈，撈啊撈，撈了滿滿的一船，惡靈也好、精靈也好，但馬的任更希望是一船飛魚或星星。

天快亮了，馬的任將船划往岸邊。沙灘上的族人，發現船載得滿滿，幾乎快沉入水中，以為是大豐收，於是呼喚很多幫手。等馬的任上岸，卻發現只捕到又臭又黏的怪水母。

「哈哈哈，這小子一條飛魚也沒捕到。」

馬的任大聲爭辯：「不！你們不懂，清掉這些惡靈水母，飛魚才會來！」

「你是不是邊捕魚邊睡覺？」

「不！我見到了鯊魚神。」馬的任紅著臉，脹著喉嚨說：「他告訴我，飛魚快消失了。」

「你在做夢？鯊魚什麼時候變成神了？你是不是觸犯禁忌，被惡靈捉弄？」有人說他一定是違反禁令，在飛魚季捕飛魚之外的魚，不讓牠們生寶寶，或沒把小小隻的飛魚放生。

「鯊魚神，快出來！」馬的任呼喊，但海面卻毫無動靜，心想：「你這傢伙捉弄我？虧我這麼相信你！哼！祖先早說過，鯊魚是惡靈，不吉利，如果你聽得到，不服氣，就請趕快出現……」

「別生氣嘛，有好消息耶！」鯊魚神露出大嘴，爽朗的笑著說：「海神的時鐘，被你撥慢了！因為這樣，你得到飛魚當禮物，我也可以飛上天！」

鯊魚神要馬的任騎在背上，然後躍上天空，像雲霧又像輕風，在星空飛行穿梭。這時，一群飛魚鑽出浪花，在如雷的驚呼聲中，像嘻鬧的七彩流星雨，滴滴落在馬的任船邊，嘩啦，啪啦，嘩啦，啪啦……

【簡介】

雅美族（達悟族）

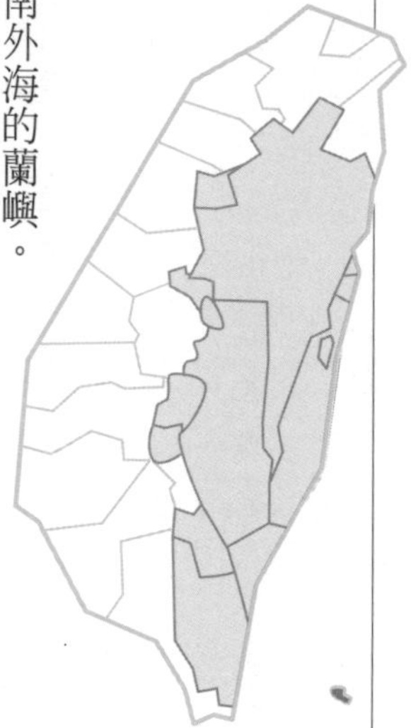

地理分布：分布於台灣本島東南外海的蘭嶼。

人口數：約四千四百〇八人（二〇一四年九月）。

歷史：傳說曾與巴丹島用十六人大船進行貿易。日軍曾在蘭嶼設置碉堡、氣象站與電報站。核能廢料場設在蘭嶼後，族人持續進行反核抗爭。

遷徙：達悟族人傳說，祖先是搭著大船越過大海遷徙到蘭嶼，有一說是來自菲律賓的巴丹島。

社會制度：沒有頭目，是重視分享的社會，有三個主要的共作團體：漁船組、粟作團體和灌溉團體。以漁船組為例，當飛魚祭來臨時，同一組成員共同舉行儀式、遵守禁忌、捕捉及分享所獲的飛魚。它是種自願性團體，漁獲會在沙灘上去鱗，大家平分。

習俗特色：男子的傳統服飾以無袖、無領、短背心，配合丁字褲。女子則以斜繫手織方巾配上短裙，所有手織衣物均以白色為底，搭配黑、藍相間的色彩。大船製作及房屋建造時，達悟人就會雕刻圖騰，除了代表各個家族的徽號外，也有一些獨特的意義，例如：船首的太陽紋象徵船的眼睛，可以帶領船尋找魚群並避開危險。蘭嶼的大船是由兩邊各十二塊大小不同的船板和三塊曲形的龍骨拼接而成，不用一根釘子，對於各部位木材的選用也依照木質的特性。一艘船的製作，需動用十一種不同的木材。船身有很精緻的雕刻，包括人型的木雕紋飾，代表各家族的圖騰記號，此外還有折線的波浪紋，以及含鋸齒狀的同心圓記號在船首、船尾。大船下水禮的舉行時間多在招飛魚祭之前，頭戴銀盔的盛裝達悟男子，會將芋頭裝滿在新船中。船主殺豬並分配禮芋、禮肉與眾人分享。舉行祈福、驅趕惡靈的集體行動之後，男人們將船拋到空中，船主就坐在被舉拋的大船上。配合波浪起伏的韻律，眾人慢慢將新船拋舉入海，並在海上首航。

宗教祭儀：族人的宇宙觀共分為八個層次，天界有五層，掌管陸地、海洋、食物、生命等。族人也相信靈魂觀，尤其對死去的靈魂（Anito）最為懼怕。許多不好的事物都歸咎於惡靈作祟，因此對死亡特別害怕。祭典有飛魚祭、新船下水祭、小米豐收祭、飛魚終食祭、螃蟹祭等。

竹波公主與巫術鼻笛

竹波公主飛上天了？在「滴嗚滴嗚……」的鼻笛聲中，她和老頭目一起飛上雲端，消失在彩虹的盡頭。天啊！大武山的秀麗溪谷，怎麼有這麼神奇的事？這一切，都得從竹波公主學鼻笛說起。

前一陣子，排灣族的老頭目，黃昏時總用鼻笛吹奏著悲傷的曲調，嘟……滴……嗚……他的頭髮全白、背已駝，總穿著排灣族傳統衣衫，常皺著眉頭，掛心雙管鼻笛的曲調就要消失。這種全世界獨一無二的鼻笛，用鼻子將兩枝竹管同時吹奏有如天神合唱！一枝嘩啦嘩啦像小溪，另一枝吱吱啾啾像畫眉鳥在唱歌。

老頭目的妻子已過世，身邊只剩下收養的小孫女竹波，兒孫們都搬到都市裡去住了。竹波美麗又貼心，是人見人愛的小公主。她感覺到爺爺的心事，便去問了村子裡所有的人，竟然沒有人想學。

於是竹波撒嬌的說：「爺爺，我從小看你吹鼻笛，你教我嘛，拜託！」「唉，我也想，可是啊……根據祖先的規矩，女孩不能吹……」老頭目摸摸竹波烏黑的長髮，低下頭。

竹波在爺爺懷裡鑽呀鑽：「別這樣嘛！我好想學唷！不然您問山神好了。」

老頭目拗不過她，只好唸起咒語，聽山神的意見。山神一句話也沒說，但原本山頭罩烏雲，竟然瞬間就放晴，陽光普照，白雲繚繞，有如微笑的嘴角。

「好吧！既然……山神笑了，就讓妳試試吧。」

跳呀跳，竹波笑得像隻畫眉鳥，每天太陽一露臉，就開始滴嗚滴嗚，星空下還張大眼，像貓頭鷹呼嚕呼嚕，很快竹波就吹得和爺爺一樣好了。

沒想到老頭目只開心了幾天，卻又吹奏起悲傷的曲調。

「爺爺……」竹波貼心的問：「你還有煩惱？」

「我們這座山，曾像妳奶奶一樣美唷！我就是為了逗她開心，才學會吹鼻笛的。可是發生土石流以後，山比我的頭還禿。妳奶奶的巫術很厲害，有辦法變出美麗的森林，可惜，她先走了……」

「爺爺，你把奶奶的『巴力系』巫術箱拿出來，讓我試試嘛！」

「唉！不能只靠巫術箱，那些咒語，又多，又長……」

「別擔心，我從小聽她唸，已經學會一半了。」

「這……還要祖靈同意，我用神珠請祖靈指示。」說也奇怪，黑黑圓圓的神珠，竟然停在圓滾滾的葫蘆上不動，表示祖靈接受了！

為了將巫術學得更好，竹波不怕路途遠，去向好幾位女巫師請教。竹波常站在山崗上，看著白雲，默唸咒語，請風精靈幫忙傳送神奇的笛聲，如溪水歌唱、鳥兒拍翅膀，也像流星溜進耳朵捉迷藏，讓心中湧現美好的夢境。部落裡的少男少女開始好奇的跟蹤竹波，但不管他們躲在哪裡，竹波都知道，眼睛左顧右盼，咕嚕咕嚕轉，只微笑，不拆穿。

竹波請來小草精靈幫忙，法力大增，無比高強，滴溜溜……啾啾……，竟吹出了一顆顆紅通通的野草莓，在林間跳舞。

「這……，這是幻覺吧！」大家傻了眼。但竹波撒下草莓，讓大家嘴角掛著香甜的汁液，好像口中有蜜蜂跳著釀蜜舞。

少男少女想學鼻笛了！可是，製作鼻笛的技巧，除了老頭目，沒有人會，怎麼辦呢？竹波除了努力向爺爺學習，還念起咒語，吹出許多五色鳥，請牠們聽老頭目的指揮，飛到竹林灣，啄下綠竹竿，切成一段段，叩叩叩，叩叩叩，敲出音孔，鼻笛完工。

鼻笛有了，可是大家吹得鼻發脹，牙發麻，眼前黑鴉鴉，頭昏又眼花，好像星星放煙花，氣喘吁吁快累垮。不小心還吹出一團鼻涕，或是哈啾！把鼻笛噴得好遠好遠。許多人退縮了，讓老頭目很擔心。

但聰明的竹波請動物精靈幫忙，跟蹤她的人，又看到她吹出一群猴子，笑嘻嘻的和牠們爬樹盪秋千，樹下出現一隻黑熊，竟然邊吹鼻笛還邊跳舞呢！

竹波又請樹精靈協助，吹出滿天種子，在燦爛陽光下，一閃一閃像金

色雨滴，落在被土石流崩壞的山壁，立刻發了芽，葉子像小蛇一樣扭啊扭，瞬間長成了一片樹林，樹上開了花，蝴蝶繞著花朵飛，連成一座香噴噴的橋，竹波戴著花圈在橋上唱歌。

大家七嘴八舌的驚呼：

「天啊！魔術？」

「哇！我要學好鼻笛！」

「喔！我還要學巫術！」

「耶！我兩樣都要學！」

向竹波學鼻笛後，大家也想讓山林更美麗，但沒辦法把咒語唸對，有時吹出啊啊叫的烏鴉，有時心裡想著蝴蝶，卻吹出毛毛蟲，想著百步蛇，卻吹出蚯蚓，想著畫眉鳥，卻吹出蝙蝠和飛鼠。大家很懊惱，但竹波總是笑著說：「沒關係，沒關係，有牠們才熱鬧啊！」

老頭目終於笑了，精神一好，腰也挺直了。可是，任務完成後，反而換竹波哭了，因為老頭目說，日子到了，他要飛上天去。竹波拉著老頭目的手，悲傷的低下頭。老頭目安慰她：「人老了，走都走不動，真難過，我早就想去和祖靈相聚，謝謝妳讓我可以安心的走。我要飛到大武山的白雲裡，在那裏自由飛翔。」

「不，不，爺爺……我要和你一起去啦……我去向祖靈學咒語……」

那天早上，風精靈溫柔歌唱，竹波吹著鼻笛，吹出好多蝴蝶，牠們身上的紅斑、紫斑、橘斑，舞著美妙的節奏，老頭目也變成了一隻蝴蝶。忽然，天空出現了好多晶晶亮亮的琉璃珠，原來是山神化作一隻孔雀來傾聽，感動得灑下各種顏色的淚珠。整座山的小動物全來了，花兒都開了，大家手牽手一起跳舞。

在樂聲中，山神又變作一朵彩雲，載著竹波公主和老頭目，一起飛上天，這時雲端忽然出現一道彩虹。大家拭著淚，滿心期待竹波向祖靈學完咒語後，會從雲端飛下來，送給山林美妙樂音，帶給大家更多驚喜！

【簡介】

排灣族

地理分布：北起三地門鄉，南達屏東縣恆春鎮，東到台東縣太麻里鄉以南海岸，包括屏東縣、台東縣境內各部落。

人口數：約九萬七千二百三十六人。

歷史：排灣族人曾在清治時期前建立了「大龜文王國」。清末同治十三年（一八七四年），日本藉口臺灣南部牡丹社排灣人殺害琉球難民，而向臺灣出兵，並強占恆春半島七個月，稱為「牡丹社事件」。

遷徙：自稱發源於大武山，後遷居現今分布地區。

社會制度：財產是長嗣繼承制，也稱做雙系繼承，就是出生第一位孩子無論男女，就是繼承者。排灣族屬於階序制度（hierarchy），大致上分為頭目、輔佐役、總頭領、代管、祭祝師、平民六個階級。貴族階級有特殊裝飾的專利權，王族與貴族也享有裝飾上的特權，例如：酷似百步蛇紋的熊鷹羽毛、高貴的琉璃珠、特殊的圖案（人頭紋、百步蛇紋）。貴族以上階級講究門當戶對，以同階級間的聯姻為理想的婚姻形式。

習俗特色：排灣族有三寶：陶壺、琉璃珠、青銅刀。陶壺有公壺和母壺之分，傳說他們的始祖是從「陶壺」生出來的，還有一說「陶壺所生之人」帶來小米的種子，教導排灣族人辛勤耕種的道理。琉璃珠每顆都有名字與意義，象徵社會地位。銅刀能護佑戰士，分為大青銅刀及小青銅刀，大青銅刀是大武山神的信物，由頭目保管，小青銅刀是巫師的祭刀。排灣族華麗的衣飾上布滿圖案和一針一線繡上去的琉璃珠、貼布或繡線，要耗上一個排灣女子半年的心血。木雕藝術的題材以神話傳說、狩獵生活、祖靈像為主。最常見的雕像為人首與雙蛇，其次為裸身人像、動物及蛇紋、菱紋等。

宗教祭儀：祭典有五年祭、毛蟹祭、祖靈祭、豐年祭等。祖靈祭是排灣族最重要的祭典，或稱「人神盟約祭」，又稱為「五年祭」。傳說排灣族的先祖到神界向女神學習祭儀以祈求五穀豐收，學習農作的種植、頭目婚禮的儀式等，並與女神約定，以燃燒小米粳為記號，請神降臨人間，接受人類的獻祭。祭典中會插竹子，必須聯合各村一起舉辦。五年祭通常長達十五天以上，一連串的活動以男、女祭師為主導。刺球是五年祭中的重要活動。

感動天神的歌聲

達海走進小米田，想起爺爺的話：「小達海，爺爺做了一個金色的夢，夢見你成為領唱的人。感動天神的聲音，已經被族人忘記了，祕密就藏在祖先取得火種的那個山頂，只有你能找到，勇敢的去吧！」

達海的爺爺，原來是領唱的大家長，在記憶開始模糊時，指定小孫子達海當領唱，接替爺爺唱「祈禱小米豐收歌」。可是，從沒有一個孩子能成為領唱的，讓人不禁懷疑爺爺會不會搞錯了？自從爺爺走了，領唱的大家長換成大伯父，他長期在都市生活，似乎忘了怎麼唱出感人的歌聲。

去年小米長得又矮又小、又枯又黃，無精打采的像是生了病。根據祖屋橫梁上的小米曆，犁田、播種的日子又快到了，達海開始擔心起來。

曾經，風兒吹來，小米就像金色的波浪一樣跳著舞，小鳥兒在上面吱吱、啾啾的翻飛、歌唱，在木臼裡用杵打成的麻糬，又香又軟，含在嘴裡，就像含住金色的陽光呢！用小米釀成的酒，只要喝一小杯，就會開心的敲著木杵唱歌跳舞。但如果再不能感動天神，小米又會長不好了。

「爺爺……」達海眼中泛起淚光，「嗯！我一定要勇敢，勇敢！」

達海雖然害怕，但想起最疼他的爺爺說過，夢的占卜，能預測許多事，金色的夢非常吉利。於是鼓起勇氣，穿過小米田，沿著溪谷走進森林。

「嗡……嗡……嗡……」達海覺得這是好聽的聲音，立刻追了過去，鼻尖卻被刺了一下，哇！好痛啊！

「你幹嘛螫我？」

「誰叫你這貪吃的傢伙，想來偷吃蜂蜜？」

「才不是呢！我是來找聲音的祕密。」

嗡嗡嗡……一群蜜蜂圍著達海。

「我覺，覺得，呃……你們拍翅膀的聲音很好聽，所以，所以……」

達海的腳在發抖，正想逃！一個巨大的黑影飛過來蜂巢旁，傳來低沉的聲音：「讓他過來吧！」

蜜蜂們聽了，不再包圍達海，他們引導達海接近蜂巢。

「小達海？」

「咦？你怎麼知道我的名字？」

「呵呵，就是我讓你爺爺做金色的夢。」

「那……不好意思，請問，你怎麼沒，沒臉啊？是惡靈嗎？」

「才不是呢！你們都把我給忘了，哼！所以我的臉越來越模糊，最後就消失了。你們忘記的故事越多，我就越憂愁，身體就越黑、越重，唉……」

「那……要怎麼稱呼你呢？」達海簡直不敢正視，低著頭說。

「名字是你們取的啊，故事、傳說、神話……都是，有好幾個呢！就稱呼我『故事精靈』好了。」

達海想，這奇怪的黑影，似乎是友善的。他既然知道爺爺做的夢，想必應該知道聲音的祕密。

「想知道祕密？快跟我來……」黑影招手，達海還沒開口請黑影幫忙，就被變成了一隻大蜜蜂。跟隨著黑影，飛進一根中空的大樹幹。達海的翅膀和蜂群一起嗡嗡的拍打著，聲音在樹幹中共鳴，雄壯無比，帶著勤奮、勇猛、熱情，震動著他的全身，真美妙！相信天神聽了，一定也會很感動。

「謝謝，謝謝，你好像知道我在想什麼。」

「沒錯，我是故事精靈，當然知道你想要經歷什麼故事囉！」

接著，達海發現自己被變成一隻蛤蟆，忽然，四周湧起冰冷的巨浪，嘩啦啦、撲通通，達海被浪拍打，沉下又浮起，仔細看，除了兩座高山，家園全淹沒在洪水中。遠遠的山頂上，有一把熊熊的火，回頭看，祖先們和許多動物們，被困在另一座山的山頂。

「啊！我想起來了，爺爺曾說過，大洪水的時候，蛤蟆取火種，幫大家取暖的故事。」

達海爬上山頂，咬起樹枝點了一把火，努力往回游，接近瀑布時，水流越來越急，達海擔心起來，一潛進水裡，火就熄滅了。

忽然，達海被變成海皮斯鳥，從河水裡飛了起來，飛越了瀑布。

「好險哪！好險……」

祖先們在山頂揮手，鼓勵他勇敢向前。他們身上穿著鹿皮，帶著弓箭，這是很久很久以前的裝扮。達海在強風中，啣起樹枝，要點火的時候，一陣強風將火星吹到羽毛上，一瞬間就延燒了全身。

「好燙啊！燙死我啦！」達海被燒成一身的黑，紅色的嘴上正叼著一把火，啊！他想起來了，爺爺說過，海皮斯鳥為了取回火種，被燒黑了全身，嘴也被燒成紅色。

驚嚇中，達海仍努力堅持，英勇的啣回火種，點燃火堆，瞬間溫暖了大家，祖先和動物們歡呼：「海皮斯！海皮斯！」河流和小溪，彷彿唱著喜悅的歌曲。達海聽到前方傳來轟隆轟隆的聲音，好像勝利的鼓聲，喔！

是瀑布拍打著岩石戰鼓，這一刻，達海聽到最激勵人心的聲音。

「真是太感謝你了！故事精靈，我現在知道什麼是感人的聲音。剛剛真的好驚險呵！都是你變的嗎？」

「心中有故事，歌聲就感人，我只是將記憶還給你們，別客氣。你看，我現在的顏色變淺了，身體變輕了……」

「對耶！而且你有了眼睛、鼻子、嘴巴。」

這時，鳥兒都飛出來，吱吱吱，啾啾啾，喳喳喳，大家圍繞著達海歌唱，達海開心的和大家一起飛翔，他想起來，這聲音似乎曾經聽過，啊！對了，那是兩年前，小米豐收時，鳥兒們成群飛翔在小米田時，所唱出的喜悅歌聲。達海迫不及待的想把歷險故事告訴族人，教大家如何唱出最感人的聲音，相信今年的播種一定成功，麻糬裡又會摻進金色的陽光，小米酒又能讓大家唱出歡樂。

「達海……達海……你在哪裡？」

「呵呵，看來你出來太久，爸爸媽媽來找你了，再見啦！」

看見故事精靈化成金色的雲，飛走了，達海很捨不得的揮揮手。

「我在這裡！這裡！我學會感人的聲音了！今年的八部合音，一定能感動天神……」

【簡介】

布農族

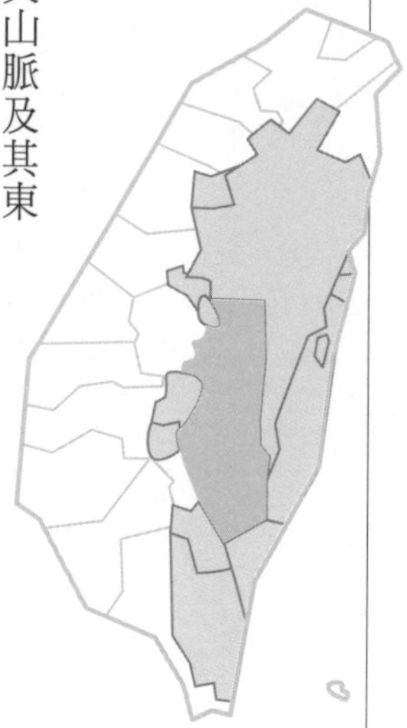

地理分布：從埔里以南的中央山脈及其東側，直到知本主山以北的山地。

人口數：約五萬五千八百一十五人（二〇一四年九月）。

歷史：族人曾將拔牙當作是成年禮的儀式，大約在十三至十六歲時就要拔去兩顆門牙。布農族人過去葬禮為坐葬，將死者埋葬在自己家中的墓穴，頭朝向日落的方向。「大分事件」是日治時期，臺灣總督府推行「理蕃政策」時，所引起的一次武力衝突事件。

遷徙：依據布農族口傳歷史，該族最早居住地可能是在現今彰化縣鹿港鎮、雲林縣斗六市與南投縣竹山鎮、南投市等地，後來才漸漸往高山遷移。一是往東遷至花蓮的卓溪鄉、萬榮鄉，再從花蓮移至台東的海端鄉與延平鄉。另一支沿著中央山脈南移至高雄的那瑪夏鄉與桃源鄉以及台東縣海端鄉的山區。由於遷徙，該族的分布範圍也因此擴展遍布於南投、高雄、花蓮、台東等縣。

社會制度：父系社會，大家族制。

習俗特色：「祈禱小米豐收歌」是由布農族社裡的男子圍成一圈（一般是六至十二人的偶數），一起合唱，由低漸漸上升，一直唱到最高音域的和諧音，以美妙的和聲娛悅天神。族人相信，歌聲越好天神越高興，今年的小米就會結實纍纍。布農族特有的木雕畫曆，以類似象形字之符號記載著農事、出獵等行事，是布農族先人所留下來珍貴的智慧遺產。

宗教祭儀：在台灣的原住民中，布農族是傳統祭儀最多的一族。由於對於小米收穫的重視，因而發展出一系列的祭祀儀式。包括「小米開墾祭」、「小米播種祭」、「除草祭」、「收穫祭」、「入倉祭」、「射耳祭」、「嬰兒祭」等。對於農事或狩獵的時間，布農人依著植物的週期與月亮的盈缺來決定。例如：李花盛開時，適合播種小米；月缺時適合驅蟲、除草；滿月時適合收割舉行收穫祭。布農人是一個充滿想像力且生活充滿象徵意味的民族，由月亮的圓滿來象徵人生的圓滿與小米的豐收，以月缺來表示袪除不祥的事物。在除草祭儀結束後，布農人打起陀螺，祈望小米像陀螺快速旋轉般的成長。並在空地上架起鞦韆，希望小米如盪鞦韆般越長越高。

黑熊與雲豹

很久很久以前，黑熊和雲豹曾約定，互相為對方畫毛皮，黑熊花了好長的時間，把雲豹畫得像雲一樣美，斑點像眨眼的星星。黑熊畫得好累好累，當輪到雲豹幫他畫的時候，黑熊一閉上眼，馬上就打起呼來。

黑熊的身體很大，雲豹畫得手很瘦，於是想了個自以為聰明的方法，把黑漆摻上池塘的泥，灑滿黑熊全身，就當作畫好了。等黑熊醒來，非常生氣的說：「你怎麼畫得比爛泥巴還噁心！」

「哈哈，這樣很酷啊！」

「還敢笑？這傢伙，看我教訓你……」黑熊大吼著追著雲豹。

「來呀！」雲豹往魯凱獵人的方向逃去，邊回嘴說：「哼，長矛和弓箭，可比你的爪子厲害唷！」

「臭傢伙，被我抓到，你就完蛋了！」黑熊瞪著眼，不甘心的咆哮。

幾天下來，雲豹看黑熊還是氣呼呼，只好整天跟著魯凱獵人。

獵人中有一位巫師，能和動物溝通，他手指著樹梢對獵人們說：「看啊，那隻雲豹！牠好像有什麼祕密想說，就讓我們跟著牠吧！」

獵人們跟著雲豹，走了好遠，來到一個森林。族人認為，這隻雲豹真是神靈派來的呀！這片新天地，樹綠得像翠玉、山青得像藍天、溪流裡有小魚小蝦在笑，就決定搬來這裡住。

雲豹每次想打獵，黑熊總是埋伏著，一副想吃了他的樣子。雲豹的肚子餓扁了，瘦得像根細竹竿，只好跑去巫師家，巫師正閉著眼睛唸咒語，

雲豹躲在旁邊低聲說著：「救命……」沒想到呼的起了一陣煙，雲豹竟然變成了小男孩。當巫師睜開眼，驚訝的說：「哇！是你在叫救命嗎？怎麼瘦成這樣？」

雲豹趁這個機會，跳進巫師懷裡撒嬌。好心的巫師決定收養他，給他取名叫馬庫路，還給他掛上了琉璃珠項鍊。項鍊被施了法術，會發出強光，當黑熊靠近時，會嚇得發出慘叫：「喔！眼睛好痛啊！」

黑熊眼睜睜的看著馬庫路越長越大，成了一個俊美強壯的青年。馬庫路常和頭目的女兒一起玩，一天一天相處，開始深深愛著她，為了取得頭目的信任，馬庫路常常到他家幫忙做事。悶悶不樂的黑熊，看著馬庫路修籬笆、砍柴火、種小米……忙進忙出，第一次微笑，心想，這小子對公主可真癡迷呢！畫畫怎麼沒這麼努力？等著瞧，婚禮時，就送上個大「驚」

喜給他。

婚禮那天，公主笑嘻嘻的爬上鞦韆，族人手牽手，一起唱歌跳舞，鞦韆盪得越高，就能得到越多祝福。「哇……哇……！」大家驚訝的張大嘴巴，鞦韆越盪越高，就要繞個大圈翻過來了！就在這時候，新娘好像突然變了，表情硬梆梆的。宴席接著開始，喝了香濃的小米酒，馬庫路眼前有點模糊，他想去牽新娘的手，卻發現她不見了！

「哈哈哈……，傻小子，這是習俗，新娘被藏起來了，你得去找哩！」新娘的家人樂歪了。馬庫路緊張兮兮的四處找，跑進頭目家、親戚家搜了又搜，翻了又翻，他越緊張，大家就覺得越好笑，笑得肚子痛，眼淚流。

「嗚……新娘不見了……」馬庫路哇哇哭得像小孩，但大家卻笑他喝醉了。等大家鬧夠了，想睡了，這時該把新娘請出來，卻發現她背對著門，就坐在馬庫路家裡呀！糊塗的馬庫路東找西找，就是沒找自己家！他拍拍腦袋瓜，傻傻的笑了。可是，當馬庫路牽新娘的手，她卻變成一道黑影，消失在風中！

馬庫路知道，一定是黑熊搞的鬼！是他變成黑影，從鞦韆上擄走新娘！馬庫路對著山林大喊：「黑熊！對不起啦……，只要你還我新娘，我一定把你畫得更好看……」

「好！明天晚上，你到大鬼湖來，一個人喔！」

大鬼湖？馬庫路聽了心裡發毛，那是個禁忌的地方，平常沒有人敢去。黃昏時，馬庫路來到大鬼湖，涼風颼颼颼，全身抖呀抖，看著夕陽漸漸被樹梢尖吞沒。呼呼呼……，一陣黑風吹來，一個字，一個字，飄進馬庫路的耳朵：「你……是說……要把我……畫得更好看？」

「嗯！但是要先把新娘還給我唷！」馬庫路對著黑風喊著。

馬庫路瞪大眼，看見一個同樣穿著新娘服飾的女人，牽著他的新娘，從湖水中浮出，緩緩漂向岸邊，這，怎麼會有兩個新娘呢？另一位，就是傳說中嫁給百步蛇王的巴冷公主？

「你就是馬庫路？」巴冷公主用手一指：「還不現出原形？」一道光射向馬庫路，把他變回雲豹，新娘看了嚇一跳，摀著嘴，眼淚像一串琉璃珠，一滴滴的滾下來。

「雲豹和你有什麼仇？」巴冷問黑熊。

黑熊把他和雲豹間的恩怨說了一遍，巴冷公主聽了覺得既好氣又好笑，對黑熊說：「你想變好看？那還不簡單？」巴冷指了指樹梢的新月，又指了黑熊的胸口，那彎新月，竟然就從樹梢飛到黑熊胸前，停在上面，還放出銀白色的光呢！

「喜歡嗎？」

「喜歡，我太喜歡了！」黑熊瞪大眼睛，開心的跳起舞來：「耶！好酷！美得不得了，雲豹這調皮小子，再怎麼畫，也畫不了那麼好。」

巴冷公主盯著雲豹說：「你怎麼可以欺騙新娘？瞧，她知道你是雲豹變成的以後，有多麼傷心？想當年，百步蛇王娶我，可是以真面目見人呢！」

雲豹慚愧的低下頭說：「對不起啦，但我是真心愛著新娘，求求妳啊，把我變成真正的人好嗎？」

「嗯，看你這麼愛她，好吧！」

轟隆隆，天空打了一個大雷，劈中雲豹，讓他全身焦黑冒煙。新娘揉著哭腫的眼，她的眼淚洗淨了馬庫路的臉，竟然讓他回復成俊美的青年。

馬庫路帶著新娘回到部落時，大家還以為新娘被藏了好幾天呢！後來，黑熊胸前就有了一彎銀白皎潔的新月，彷彿正發出勝利的微笑。

【簡介】

魯凱族

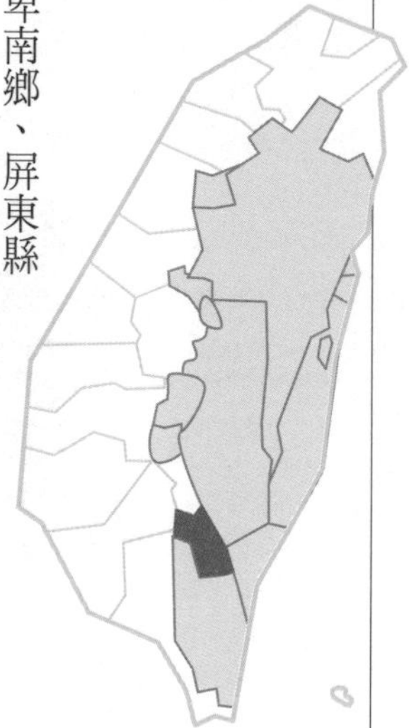

地理分布：主要分布於台東縣卑南鄉、屏東縣霧台鄉、高雄市茂林區等地。

人口數：約一萬兩千八百一十五人。

歷史：荷蘭統治時期，魯凱族人有和荷蘭人通婚的紀錄，目前仍有後裔存在。

遷徙：傳說族人靠著雲豹領路和大冠鷲的引導，翻山越嶺來到有雲豹故鄉之稱的「古茶步鞍」。

社會制度：父系社會，長男繼承家產。魯凱族將社會群體區分成頭目、貴族、士和平民各級。只有頭目階級才能擁有最精美的琉璃珠，平民只能有一般的琉璃珠。魯凱族的雕刻還可見於頭目家屋中的柱桁、門楣上，或湯匙、連杯等木製用具或容器上。頭目擁有土地、獵區與河川，平民須將日常所得的部分納貢於頭目，頭目再回送一部分給需要救濟的平民，或宴請所屬的平民、勇士一起來分享當季的收穫。

習俗特色：族人視琉璃珠為傳家寶，也是結婚聘禮中不可或缺的寶物，只要分辨身上的琉璃珠式樣，就能分辨不同的階級身分，此外它也有降福或是護身的意義。在魯凱族的傳說中，小鬼湖的湖神百步蛇王迎娶巴冷公主時，琉璃珠也是湖神送的禮物。不同花紋的琉璃珠有著各自獨特的名字和傳說，隱含一個古老的故事與寓義，例如：護身避邪的黃珠（vurau）、守護魯凱族祖先居住地的土地之珠（cadacadagan）、代表頭目身分的太陽之光（mulimulitan）等。族人敬重百步蛇與雲豹，百合花則象徵女子的純潔與男子的狩獵豐碩。木雕是魯凱族男子擅長的藝術，貴族階級家屋中的立柱，雕刻有大型的祖靈像，以示對祖靈的崇拜。魯凱族服飾的式樣以十字線繡、琉璃珠繡為主，常用的圖案有陶壺、百步蛇紋、蝴蝶紋等。魯凱族的主要建築是石板屋，其所用的石材是黑灰板岩和頁岩，先經敲打加工後，製成規則片狀之石板，然後逐塊堆砌而成，十分具有特色。婚禮時，新郎會牽著新娘登上鞦韆，然後使勁拉動，新娘盪得越高，會得到越多的肯定與祝福。

宗教祭儀：祭典有小米收穫祭、買沙呼魯祭、搭巴嘎饒望祭等。八月收穫祭時，除了謝天、祈福，並讓土地休息。

羅力與公雞

羅力長得特別快，出生才幾天，就和十多歲的孩子一起玩遊戲，不管是賽跑、比力氣他都贏，但因為不知道父親是誰，別的孩子都嘲笑他。羅力都聽母親的話，盡量忍耐，然而委屈一直在心裡憋著，憋久了終於爆發出來，有一天，羅力把笑他的人像吱吱叫的小猴子一樣拎了起來，撲通撲通的扔進湖裡去，然後哭著跑回家問母親，父親到底到哪裡去了？

母親摸摸他的頭說：「有一天我到溪邊去洗衣服，發現一塊雕刻精美的木板，上面刻著祖先的人像。那木板有巫術，我走到哪，它就跟到哪，等我洗完衣服，它竟然不見了。後來，我肚子就大了起來。別難過，誰笑你就讓他們笑，總有一天，大家會知道，你的出生一定有特別的原因。」

羅力擦乾了眼淚，此後，便一直想找出母親所說「特別的原因」。

跟他同時出生的嬰兒才剛斷奶時，羅力已經比大人還高大有力，媽媽便鼓勵他去打獵。

「可是，野獸跑得好快，叫聲好可怕啊！」

「別怕，媽媽在你的背包裡放兩個貝殼，能讓你得到狩獵貝神和勇猛貝神的保佑。」

羅力因此更有信心，打獵常常都會有好成果，當部落裡的大人都打不到獵物時，羅力卻只要一張弓，那箭就像長了眼睛會轉彎似的，能穿過樹枝間的縫隙射中獵物，讓大家都看傻了眼，真是又羨慕又忌妒。慢慢他們發現羅力總愛背個背包，打獵前還會對著它念念有詞，好像在請求保佑，他們猜裡面一定有什麼祕密。

有一次狩獵時，一個青年假裝好心幫他看著背包，讓他迅速的去追野獸，等羅力不在，趕快打開袋子，發現了貝神，便帶回家去挖個洞藏了起來。羅力回來發現了，心裡非常的難過，憂愁的回到家對母親說明經過。

「媽媽，是不是少了貝神，我以後打獵就不會那麼順利了？」

「別擔心，那本來就只是普通貝殼，只是為了讓你增加信心而已，現在你已經成了狩獵能手，還有什麼好擔心？」

「哈哈哈，母親，我懂了。就等偷它的人，自己慢慢發現吧。」羅力開心的笑了。

這件事之後，羅力覺得自己儘管十分神勇，常常將獵物分享族人，在大家心中仍然地位低下，因此就更努力的想找出「特別的原因」。

當時，天空有兩個大太陽，把大地烤得熱烘烘，種的作物都又乾又黃，只能靠打獵維生，吃不飽。羅力覺得，想得到尊敬，最好的辦法，就是去做族人做不到的事，而其中最難的挑戰就是射太陽。

羅力找了一個同伴，出發前，羅力請母親幫搓了兩綑很長的繩子。他們走到太陽居住的山谷，羅力將繩子的一頭綁住自己的腰，一頭綁住同伴，

與他約定要互相照顧，絕不能放開繩子。羅力一箭射出，第一個升起的太陽哇哇慘叫，熱騰騰的岩漿流了出來，同伴一驚慌，鬆開繩子自己逃跑，結果跌倒在一個坑裡，就被熔岩燒成石頭。

羅力拉繩子時，發現拉空了，心裡很難過。這時，天空變得一片黑暗，大地又濕又冷，羅力怕太陽反擊，只好孤單的躲了好幾天。

有一天，他自言自語的說：「唉，連公雞都不叫了，不知道是不是變成烤雞了？」

「噓！別亂說，你才是烤人哩！」公雞聽到，跳到他身邊小聲說：「我不敢叫，是因為老虎在黑暗中餓了很久，被牠聽到，就會摸黑抓到我。現在太陽很害怕，躲著不動，如果你幫我解決了老虎，我就去說服太陽升起來，好不好？」

羅力說：「可是老虎很難對付，需要你幫忙把老虎引出來，才能獵得到牠。」

公雞害怕的說：「咕……別開玩笑了！萬一你沒成功，我不是沒命了嗎？」

「我用繩子一頭綁住你，一頭綁住自己，如果沒成功，我就拉著你一起逃，保證絕不會丟下你不管。但如果我們不這麼做，很快大家都會餓死、凍死，請你好好考慮吧。」羅力拜託公雞。

公雞想來想去，都想不到更好的方法，於是同意去冒險。公雞和羅力商量後，開始行動。

咕嚕咕咕，公雞又叫又跳，引誘老虎來追，羅力則躲在暗處，準備弓箭。肚子快餓扁的老虎一聽到，馬上吼叫著追了過來，呼一下騰空躍起，

眼看就要撲到公雞，這時，羅力突然用力把繩子一拉，公雞便緊急轉向，老虎撲空了，箭卻在這時飛出，咻的一聲正中要害，有驚無險的獵到了老虎。一等羅力把老虎的皮準備好後，接著公雞便立刻出發去找山谷中的太陽。

「人真是過分啊！怎麼把你的同伴射死了？」公雞先打抱不平，接著用哀求的聲音說：「可是，我們所有的動物、花朵、樹和草，都好想念你唷！拜託啦，你可以再出來照亮大家嗎？」

「可是，那兩個可惡的傢伙，可能還躲在附近。」

「不，他們已經被老虎吃了。」

「真的嗎？」

「嗯！只要你肯走出山谷，明天我會約老虎來，讓牠告訴你就是了。」

「這主意還不錯，可是，我還是怕怕的。」

公雞於是和太陽約定：「我第一次啼的時候，你先躲在山邊不要出來，第二次啼的時候，把眼睛露出來看一看，等確定沒問題，第三次啼的時候再出來。」

第二天一早，「喔喔喔……」公雞開始啼，太陽先謹慎的躲著，第二次啼，太陽四處看，果然老虎來了，卻沒有人的蹤影，第三次啼，太陽走了幾小步，又縮了回去，披著虎皮的羅力立刻擋住回頭路，學著老虎的聲音說：「吼！太陽爺爺，我好想你啊！這幾天一片黑漆漆，我找不到東西吃，只好吃了兩個人，他們餓得又瘦又乾，我根本吃不飽呢！吼……」

太陽一聽，終於安心了，重新回到天空，萬物有了溫和的陽光，都過著更安穩的生活，土地不再乾裂，雨滴也嘩啦嘩啦的唱歌，人們種的植物，越長越好，收成豐富。從這次事件之後，太陽總要等公雞啼叫三次，才會從山谷漸漸露出眼睛，慢慢升上天空。

羅力走了好久，才回到家，母親的頭髮已灰白，背也駝了，羅力抱著母親說：「對不起，讓妳擔心了這麼久，可是，我終於找到特別的原因了！」

羅力向族人說明公雞的功勞，大家因此特別善待公雞，為了紀念這件事，後來婦女們都會把公雞的尾羽紮成髮髻，當作最美麗的裝飾。大家給羅力英雄式的歡迎，並且公推他為部落的頭目，這就是拉阿魯哇族開始有頭目制度的原因，而後來的繼任者們，為了想和羅力一樣偉大，就把頭目的頭銜稱為「羅力」。

【簡介】

拉阿魯哇族

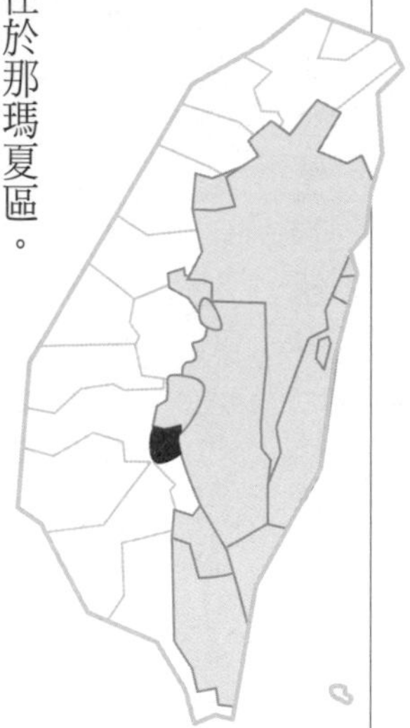

地理分布：主要居住在高雄市桃源區、部分居住於那瑪夏區。

人口數：約五百至一千人。

正名：二〇一四年正名成為第十五族。

歷史：拉阿魯哇族在日治時代被歸類為鄒族，但近年拉阿魯哇族族人認為在語言、習俗上都與鄒族不同，因此發起正名運動，於二〇一四年六月二十六日正式獨立為一族。

遷徙：族人原來是以聚村的形式居住，但是在一百多年前，因為瘟疫流行，人口銳減，迫使採取散居的方式。

社會制度：父系社會，耕地原則上屬於氏族，家是耕地的實際使用單位。還有一種共耕制度，也就是說由兩家各出一半種籽，收成時兩家平分收穫。

習俗特色：歌與舞在貝神祭扮演著串起儀式不同場域的角色，以不同的歌唱形式及舞動，展開儀式各種程序。承襲祖靈的祭歌及樂舞，構成一條可供祖靈與族人相遇的「路」。歌謠分成「祭典歌」、「童謠」及「對歌」三種。「祭典歌」基本上是以神靈、祖靈及大自然為主要對象的祭祀歌曲；「童謠」乃針對靈魂不穩定的個體唱的歌曲；「對歌」則是人與人之間對唱的歌曲。

宗教祭儀：最重要的祭儀是貝神祭（或稱聖貝祭）。傳說很久以前拉阿魯哇人與 kavurua 小矮人曾經同住在 hlasunga 這個地方，而貝神是小矮人族的守護神。小矮人族與拉阿魯哇族人相處非常的融洽，有一天拉阿魯哇的祖先要離開 hlasunga ，小矮人很難過，於是就把他們最珍惜的寶物——「貝神」贈送給拉阿魯哇族的祖先，並且交代拉阿魯哇族人要把貝神奉為自己的神來祭拜，於是十二貝神從此就成為拉阿魯哇的神祇了，十二貝神共包含：1.勇猛神 2.狩獵神 3.健康神 4.食物神 5.驅魔神 6.勤勞神 7.平安神 8.驅懶神 9.狀元神 10.守護神 11.聰明神 12.風雨神。頭目會把貝神放在甕中封起來，埋在家後面，但很神奇的是，不到祭典時，甕中會見不到貝神，據說祂們都已經回到 hlasunga，但貝神祭的前十天，貝神都會回到甕中，真是不可思議。

穿山甲助人

娜烏是卡那卡那富族的一位小姑娘。有一次，她發現田埂邊有一個很深很深的洞，十分好奇，就爬了進去，聽到裏面有微弱的聲音。

「請問，你是地神嗎？」

「嗯哼……」

娜烏從小常聽父親說地神的故事：曾經有一位祖先，到野外挖山藥，越挖越深時，出現了一個大洞，祖先非常好奇，鑽了進去，看見洞裡十分光明，有一個相貌奇特的人拿著香噴噴的餅招待他，還送給他小米種子、大豆和樹豆，等他離開洞穴，回頭一看，洞已經不見了，祖先才知道遇到了地神，從此，卡那卡那富人便學會了耕作。現在，族人每年米貢祭都會感謝地神。

娜烏對著洞穴拜了拜，再仔細看看，看到一個小個子，全身穿著奇特的盔甲。

「請問地神，我家種的芋頭長蟲了，要怎麼辦才好？」

「嗯，什麼蟲？」

娜烏在暗暗的洞穴裡看不清楚，只發現有一條像小蛇一樣長的舌頭，不斷嗖嗖嗖的舔著，發出很好吃的聲音。

「呃！我也不知道耶，牠鼻子長長、身體瘦瘦的，還有硬殼。」

「聽起來不像螞蟻，嘿，我只吃螞蟻。」

「啊！地神，我不知道你只吃螞蟻。」娜烏驚訝的說。

「嘻嘻，誰說我是地神了？我是穿山甲，是你鑽進了我的窩裡！」

「喔！真是的！」娜烏有點生氣，丟了一塊石頭過去，穿山甲捲起一身堅固的鱗片，縮成一個圓球。

「哇！你真厲害，怎麼做到的？」

「哈哈，沒什麼，只是把尾巴捲到頭上。」穿山甲說：「我還能像圓圓的石頭一樣，從山坡滾下去呢！」

「好啊！那我們來滾滾看。」

娜烏和穿山甲一起滾下山坡，玩得好開心，成了好朋友。那天以後，娜烏還常常去找穿山甲玩。

好幾個春夏秋冬匆匆過去，娜烏和穿山甲都長大了。有一天，娜烏又來找穿山甲，卻發現那地方被竹籬圍了起來。一個外族的青年，在籬笆裡

看見娜烏，揮著手說：「喂！美麗的姑娘，來我家坐坐啊！」

娜烏覺得這個人怪怪的，就趕快離開，但心裡還是惦記著穿山甲。後來娜烏才知道，這片山坡的田地被外族搶去，那個青年，是剛剛上任的地方語言翻譯官，十分囂張。族人都很生氣，不惜一戰。

族人們聚集到會所，七嘴八舌的討論著。

「真過分！『那努姆』是祖先留給我們的土地。」巴尼憤憤不平。

頭目說：「那努姆是六的意思，為了紀念有六個腳趾的祖先。他把這片荒地開墾成小米田，還幫助族人度過水災，到現在我們都還很懷念他，這裡怎麼可以被外族奪去呢？」

頭目拍拍大力士巴尼的肩膀說：「上次有兩個麻煩小子，被你一手舉起一個，嚇得趕快跑掉。這次，由你帶頭進攻，鐵定嚇得外族丟下武器。」

這時候，卻聽到族人通報，有人要來提親。原來是那外族青年，看上了娜烏，想要娶為妻子，並承諾如果親事談成，這片土地加上許多白銀就屬於娜烏家。青年送了很多禮物來講和，戰事一直拖延著沒有開打。娜烏的父親私下問娜烏的意願，然而娜烏覺得青年的眼神怪怪的，不想嫁給他。

有一天，青年遠遠呼喚娜烏，要她去看她的朋友穿山甲。娜烏雖然很擔心，但想到穿山甲，還是忍不住接受了邀請。青年先請她吃飯，和她聊天，聊了很久，就是沒帶她去看穿山甲。青年喝了酒，突然問娜烏：「妳嫁給我好嗎？」

娜烏嚇了一大跳，掉著眼淚直搖頭。忽然，轟隆一聲巨響，娜烏覺得天昏地暗、塵土漫漫，原來，她掉進了陷阱中，全身被土埋了起來，只剩下頭露在外面，娜烏大聲喊叫，但沒有人能聽得到。

就這樣從白天到了夜晚，娜烏只能哭泣，夜晚只有蟲的叫聲陪著她。

啪啦，叭啦，叭啦……

「誰呀？」

「娜烏，別哭。」

啪啦，叭啦，叭啦……

「不要靠近，這樣對我，我更不要嫁給你……」

「我聽到妳的聲音，過來關心，誰要妳嫁給我啦？」

「穿山甲？是你？」

「是啊！除了我，還有誰這麼會挖洞？」

啪啦，叭啦，叭啦……嘩啦啦！穿山甲把洞挖穿了，冒出頭來，娜烏又驚又喜。

「還好有你！嗚……我遇到一個壞蛋……」

「別怕，跟我來吧！」

娜烏跟著穿山甲，從地道爬出去，回到了家裡。娜烏

的父親即刻去找頭目，徹夜商量討回公道的計策。

第二天一早，巴尼帶著族裡的勇士到竹籬笆外叫陣：「喂！膽小鬼，快出來唷！」

青年慌慌張張的從床上爬起來，叫他的弟弟趕緊去求援，找來一小群外族勇士，拿著長矛和弓箭，守在竹籬笆內。

「你看，這是誰呀？」巴尼把手一指。

青年看到娜烏，張大了眼，嚇得說不出話，娜烏不是在陷阱裡，沒有人知道才對嗎？

「嘿嘿……，我們的巫術很厲害，昨天被你抓去關起來的娜烏，其實只是一根樹枝，不信你去看看。」

青年跑回家裡一看，陷阱裡果然只插著一根樹枝。

等青年面色發白的跑回來低頭道歉，巴尼說：「土地該還了吧？為了讓你們心服口服，我們來比堆石板，誰贏了，土地就歸誰，免得有人說我們以多欺少。」

青年派出他們力氣最大的人，先將一塊大石板，放在樹下，巴尼也搬了同樣大的一塊，暫時平手。第三塊石板更大，外族人搬得滿臉通紅，仍然差了一點。巴尼蹲下，抱起石板，大喊：「呃！」石板就疊上去了，大家歡呼鼓掌。

「怎麼樣，服氣了？」巴尼舉起雙臂，像一隻大熊神氣的吼著。

青年一看，卡那卡那富族不但巫術厲害，力氣又大，只好灰頭土臉的搬走，再也不敢來找麻煩了。

穿山甲成了卡那卡那富族的聖獸，永遠得到敬重和保護。而陷阱裡的樹枝，當然是穿山甲放的囉！

【簡介】

卡那卡那富族

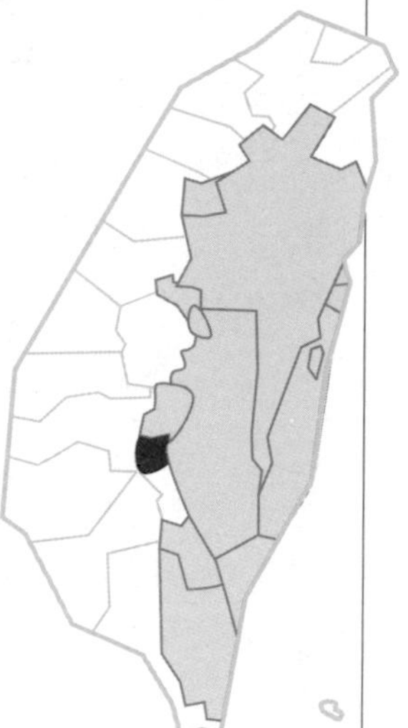

地理分布：高雄市那瑪夏區。

人口數：約五百至一千人。

正名：二〇一四年，正名成為第十六族。

歷史：鄒族、卡那卡那富族、拉阿魯哇族曾被日本學者小川尚義區分為三個獨立的族群。卡那卡那富族人在近年接觸鄒族人後，發現他們在語言上無法溝通，進一步比較發現與鄒族在祭典與食材上也有很大差異，於是發起正名運動。

遷徙：第一大類是「東來說」：卡那卡那富族與拉阿魯哇族昔日同住在Nacunga，後來遭遇了大洪水侵襲，前者逃往Tanungintsu，後者逃往Nausulana（籐包山，在今那瑪夏區東南方）。待洪水退後，卡那卡那富族再下山至Natanasa。第二大類則為「西來說」：祖先原本住在嘉南平原。後來因野獸被獵得越來越少，就漸漸地往山區遷徙，到楠梓仙溪上游一帶建立聚落。也有說法是祖先原本住在台南附近，後來受荷蘭人逼迫才遷往山區。

社會制度：父系社會，各年齡層有其組別區分，男女年齡分組大體一致，未成年細分約有七級，成年後不分級。

習俗特色：男子集會所主要做為族內進行祭祀、政治、軍事、教育、社交等族群議題討論的場所，嚴禁女子進入，經濟生活以農耕燒墾為主，狩獵捕魚為輔，農業方面男女族人共同工作，傳統主要作物有小米、旱稻、糯稻、地瓜、芋頭、玉米等。為祭儀所需，全部落族人會焚山趕獸、集體圍獵，基於分享概念平均分肉，其中為首先擊中者則獲得頭骨與皮，另捕魚則有刺、網、釣、毒、圍渠等方式。

宗教祭儀：祭典有 Mikong 米貢祭、Kaisisi cakuran 河祭等。神祇概念含有天神、祖先神、自然神與司理神，因此卡那卡那富人統稱神祇與祖先為 Tamo，認為祖先神會以司理神型態而存在。自然神可分為山神與河神，主要為山川等自然萬物的管理；另外司理神則分為司命神與護食神，司命神是祖先神，掌管生孕育成，護食神分獵神、農神、小米神，掌理狩獵、農成。靈可分為生靈與死靈，生靈有善惡之分，分在人的右肩及頭部，控制人類行為惡善；死靈也可分祖靈及泛靈崇拜，相信族人死後，死靈皆赴祖先神聚居地，對異族馘首之靈則以泛靈崇拜。

達娜伊谷的藍鵲

從前，鄒族人在阿里山上，靠打獵和耕種為生，日子過得滿足又自在。

有一次，傾盆大雨一連下了好久好久，天，彷彿要垮下來似的，雲是那麼低，就連伸手都能摸得到。河口有如被塞住了，來不及把水排出去。這一次的大洪水，實在凶猛得恐怖，好像冰雪裡竄出的野獸，把小米田和森林全給吞吃。人和動物都無家可歸，只好聚集到玉山山頂避難。

「快織呀！小孩們已經凍僵得說不出話來了。」頭目踱著腳，來回走著。

「唉！不是我們不快，已經織了幾天幾夜，手都起泡起繭，材料也用完了，能有什麼辦法？」蘭花公主無奈的說。她帶著族裡的姑娘們，用盡了各種植物抽出的絲、獸皮、樹皮等，還是無法做出足夠的衣服，再這樣下去，大家都會凍死。

小小的山頂上，原本互相競爭、獵食對方的人和動物，都被這冷酷無情的天氣逼得沒辦法，只能聚在一起取暖，但也因此相親相愛，得到珍貴的和平與溫馨，雖然只有一點點食物，竟然因為分享，誰也沒有餓死，彷彿回到了美麗的忘憂谷……達娜伊谷。人和黑熊抱抱，黑熊和雲豹抱抱，雲豹和貓抱抱，貓和老鼠抱抱，互不往來的山豬和山羊，也抱在一起睡覺。可是，動物太多，山洞又太小，大家全身溼答答，還是禁不住一直發抖打哆嗦。

「火！我們需要火！」頭目握著拳頭說：「哪個勇士，或是哪種動物，

願意為大家去取火種？」

冰冷的波浪像海嘯，這簡直是送死，誰會願意呢？經過了許久，都沒有一點回音，頭目失望的低下頭去。

「我……」

是誰這麼勇敢？頭目往四處望去。

「我願意去試試看。」一隻藍鵲飛了過來，用聒噪的聲音，吱吱嘎嘎的說：「哼！但是你們這些身上沒有皮毛的人啊，喜歡在頭上戴著我的尾羽，炫耀自己的勇氣，卻沒有飛的本事，只會用石頭扔我？現在，看你怎麼說？」

頭目聽了，覺得慚愧。很久很久以前，天神下凡來，抖動楓樹，掉落一地紅葉，就這麼創造了人。當時天空很低，太陽很熱，人和藍鵲是好朋友，都靠採集食物過活，雖然食物不多，卻會彼此分享。但自從人拜託天神撐開天空，天不再那麼熱，人又向天神學會了耕種，小米和五穀常常豐收，卻不願將一點點分給藍鵲，總是用石塊將牠們從田裡趕走，不僅如此，還喜歡打獵，將藍鵲的尾羽插在頭上。

「對不起啦！真的很抱歉，人以後一定和藍鵲恢復友誼。」

「好，說得好！一言為定！別忘了，人和藍鵲以前在達娜伊谷裡，曾經一起分享生命之水。這次，如果我為大家犧牲了，請答應幫忙照顧我的後代，直到永遠。」

頭目保證：「我答應你，沒問題的，你就安心的去吧！」

大家目送著藍鵲越飛越遠，心中向撐開天空的神祈禱著，快賜給我們火種啊，救命的火種……

「哇！藍鵲啣到火了！」老鷹銳利的眼睛第一個看見。

「真的耶！」猴子冒著雨爬到樹頂去看：「可，可是他的翅膀濕了，飛得很慢。」

「堅持下去喔！」黑熊站起來揮動雙臂喊著。

「加油喔！加油……」人和動物一起大喊著。

藍鵲啣到火之後，飛了一會兒嘴就被燙紅了，燒掉了一段，實在受不了，本來要放棄，聽到大家的加油聲，又再忍著痛，用腳爪抓著火種，把腳也燒紅了。再這樣下去，恐怕全身都會著火了。

「讓我去接棒吧！」一隻呼谷鳥，以很快的速度飛了過去，在加油聲中，接下了火種，紅紅火焰把他的嘴燒得冒煙，原來長長的嘴，被燒短了許多。呼谷鳥忍著痛，用最快的速度，飛了回來，大家趕緊幫他滅火，才沒有全身燒起來。

「耶！有火了！」

「得救了！」

「萬歲！萬歲！」

大家歡呼鼓掌，震動天地，比雷聲更響亮。

「藍鵲呢？」

「怎麼沒看到？」

大家顧著為呼谷鳥歡呼，卻沒注意藍鵲不見了。

老鷹流著眼淚說：「他掉下去了。」

「天啊！掉進水裡去還得了？」

「是啊！連個影子都沒見到。」

「藍鵲可能是因為被火燒傷，支撐不住，才掉進波濤洶湧的水裡，沒來得及接受大家的歡呼，最後竟然遭到這種命運，嗚……」頭目擦著眼淚說。

「你們看！那是什麼？」

「哇！仙女耶！」

一個仙女，從水裡飛了起來，她身上的衣服，就和藍鵲身上有著同樣的顏色，如天空般明亮的藍、日夜般黑白相間、月亮般的金黃和火焰般的紅。

「怎麼會從水裡飛起來？」

「一定是藍鵲變的！」

大家看得目不轉睛時，仙女飛了過來，展現美麗的微笑說：「別忘了，要照顧我的後代喔！」

大家流著淚，對著天空拜謝，唱歌跳舞慶賀著，藍鵲變成仙女了！蘭花公主為了記住仙女的模樣，趕緊用藍、紅、黃、黑、白等顏色，織出了和她的衣服同樣的式樣，作為永久的紀念。

藍鵲取火帶來溫暖，在最困苦時救了大家。等洪水終於退去，人和動物也漸漸回到棲息地。剛開始，大家還記得一起取暖時的感情，和平相處著，就好像處處都是達娜伊谷一樣，沒有誰會挨餓受凍，沒有誰會受欺負。但慢慢的，為了食物和領土，大家又開始你爭我奪。根據達娜伊谷的法則，只要是侵犯別人的，都會被守護神大白鹿趕出去。也因為這樣，後來便再也沒有誰曾找到過那如謎題般神祕的達娜伊谷。

鄒族人雖然開始打獵，但為了感謝藍鵲和呼谷鳥，當牠們飛到田裡來啄食的時候，鄒族人不但不會去驅趕，還當作是吉祥的象徵，樂於和牠們分享。在那幸福的瞬間，彷彿又回到了達娜伊谷，是那麼的和平、安詳。

【簡介】

鄒族

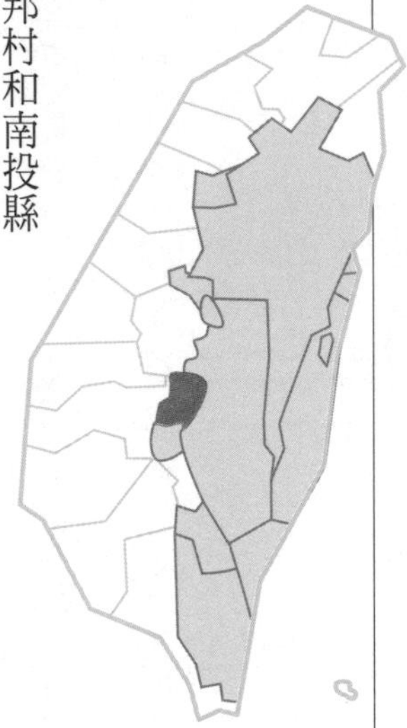

地理分布：嘉義縣阿里山鄉達邦村和南投縣信義鄉等地區。

人口數：約六千八百九十一人（二〇一四年九月）。

歷史：鄒族舊稱曹族，曾有「特富野」、「達邦」、「伊姆諸」與「魯富都」社，而「伊姆諸」與「魯富都」兩社都於廿世紀初因瘟疫流行而廢社。曾發生「吳鳳事件」，居住地阿里山一度被命名為「吳鳳鄉」，後來因為吳鳳雖有其人，但故事應屬虛構，對鄒族不敬，又更名為「阿里山鄉」。

社會制度：父系社會，重視男性。不管是婚姻或是祭祀行為，都以家族制度嚴密的運作。鄒族婚姻為男娶女嫁，但成婚後女婿需至岳家服役一到六年不等，若兩家皆有子女則行交換婚。鄒族並沒有階級制度，卻有幾個特殊地位的人物：頭目、征帥和勇士。頭目由家族固定承襲，征帥是征戰和獵首行動的指揮官，如果戰事頻繁，會有好幾個征帥，勇士是在戰場上有特殊功動的族人。

習俗特色：鄒族服飾以皮革、麻布和棉布為主要材料。鄒族的服裝以紅、白、黑色為主，男子偏好皮革，盛裝時多穿著紅色，因為據說紅色是戰神最喜愛的顏色，裝飾著飛羽的男性皮帽，象徵能夠承擔部落與家庭的責任。用皮革製成的各式衣物，諸如皮披肩、皮套褲、皮衣等，更是一大特色。頭目或征帥等具有勇士資格者，帽子前緣可以附加寬約六公分左右的紅色紋飾帶，帶上可另外裝飾珠玉和貝殼片，捕獲威猛山豬的人，可以在銅製手鐲上增加用山豬牙對圈而成的臂飾。

宗教祭儀：鄒族人的宗教信仰屬於超自然的神祇信仰。主要的神祇有天神、戰神、命運之神、獵神、土地之神、粟神、家神、社神等。祭典有凱旋祭、小米播種祭、小米收穫祭、子安貝祭等。鄒族成年禮在敵首祭終了後舉行，即將升入青年級的少年們排列在會所「Kuba（庫巴）」入口，走上會所，先由老人持杖擊打臀部，大聲的教誨，然後到各氏族家巡禮一周後，來到頭目家門口，由頭目手持大酒杯，各人飲酒少許後回家，更換青年穿戴的冠服後，再到會所廣場前跳舞慶祝。

三個獵人

黑熊、雲豹、猴子三個獵人，各有各的本事，誰也不服氣誰。有一天，他們約好一起去打獵，要來比個高下。

黑熊拍拍胸膛說：「我壯得像座山，打獵，就是要靠力氣。」

雲豹扭扭腿說：「我快得像雲霧，哈，哪像你們一個太胖，一個慢吞吞？」

猴子拍拍頭說：「嘿，你們兩個頭腦都沒我好，好獵人就得夠聰明。」

雲豹和黑熊笑猴子行動太慢，等想好方法，獵物早就跑掉了。

比賽一開始，雲豹等不及，像一陣旋風，衝到最前面去了。黑熊努力

想跟上，心都快蹦出來，可是猴子呢，還在原地等著鳥的歌聲占卜，來判斷吉凶呢！好不容易聽到吉利的歌聲，才慢吞吞的出發，邊走邊觀察，在芒草和樹幹上做記號。

雲豹大喊：「嗚……一隻鹿，從沒見過那麼大的！」黑熊正想喘口氣，忽然聽到嗚嗚的吼聲、呼呼的喘氣聲、達達的蹄聲、樹葉沙沙沙……黑熊急了，眼看雲豹這麼快就要憑著高超技術獲勝，真不甘心！沒多久，卻聽到驚慌的求救聲。黑熊氣喘吁吁的靠近，發現原來大公鹿用樹枝狀的尖角，把雲豹逼困在死角，等鹿一衝鋒，就會把雲豹戳上雲端去了！

「看你瘦巴巴的沒力氣！讓我來！」黑熊用兩條後腿直立，張開雙臂，神氣的大吼，準備迎接勝利，沒想到鹿靈活的一閃，像一道影子從他的腰間竄出去了。

「哈哈哈，力氣大卻不靈活。」雲豹逮到機會，好好嘲笑黑熊一番。

黑熊惱羞成怒，追著雲豹想教訓他，卻追不到，只能看他調皮的笑著。可是，不久後，雲豹開始擔心的說：「都是你啦！一直追我，我們已經在這裡轉了好幾圈，應該是迷路了。」

黑熊這才勉強息怒，和雲豹合作找路，但是這天雲很多，看不出太陽的方向，分不清東西南北，找了好久卻還在兜圈子。雲豹說：「找猴子來幫我們吧。」

不！黑熊搖搖頭，覺得這樣太丟臉了，於是他們商量出一個「聰明」的辦法，決定要合作，不久後，傳出激烈又緊急的聲音：「猴子快來唷！我們打到獵物，快來幫忙喔！」

猴子遠遠聽見，雖然興奮，但還是仔細觀察地形，才循著「好吃唷，

好吃唷……」的聲音，找到雲豹和黑熊。

黑熊用雙臂比著說：「我們剛才抓到一隻鹿，這麼大！」

「嘿，誰叫你慢來，被我們吃光了！」雲豹說。

猴子心裡很難過，其實他剛才也發現獵物，但一次是動作太慢追不上飛鼠，一次是怕山豬太兇不敢追。現在又因為太謹慎，走得慢，連一點獵物都吃不到，唉！怪自己真沒用，只能摘些果子充飢。猴子終於承認，打獵不能光靠頭腦。

「你的果子，可不可以給我們當飯後點心，下次我們打到獵物，一定留一些給你。」黑熊流著口水說。

「嗯！是嗎？」猴子突然覺得怪怪的，他仔細觀察，然後大喊：「嘿嘿！你們根本就餓著肚子嘛！」

雲豹看瞞不住，只好問：「你是怎麼發現的？」

「看，你們的肚子扁扁的！」猴子反過頭取笑說：「而且還迷了路，對不對？」

「才沒有呢！誰說的？」黑熊死不承認。

「腳印告訴我的啊！」猴子指著地上對黑熊說：「鹿的腳印，往北邊走了。但你們的腳印出現了好幾次，表示一直在繞圈圈。」

黑熊這才承認，但很好奇，猴子怎麼知道鹿往北走？原來，猴子是根據朝向北方的青苔長得比較綠，朝向南方的樹木枝葉比較茂盛。

「哇！這猴兒真的比你聰明耶！」雲豹取笑黑熊。

黑熊也不甘示弱的說：「哼！搞清楚，今天是比打獵，又不是比聰明！」

「我肚子還好餓，鹿呢？想吃果子，就要分我一些。」猴子握緊果子追問。

「早就跑掉了！」雲豹說。

「剛才的打獵聲，是我們故意製造的，要不然等你來的時候天都黑了。呵呵，現在讓我們一起吃鹿的腳印吧！」黑熊說完，大家一起大笑起來，笑得眼淚流，肚子痛。

猴子分了些果子給大家吃，雲豹和黑熊，再也不敢取笑猴子。猴子帶領大家，商量圍獵的方法，自己在樹上觀察地形，雲豹先追上獵物，黑熊從後面趕上，就可以前後夾擊。

猴子找到沿路做的記號，帶著雲豹和黑熊下山，路上看到山豬的腳印，猴子肯定的說：「有一隻母豬帶著小豬。」

「連公母都分得出來呀？」黑熊懷疑的問。

「當然囉！公豬有獠牙，會在樹皮上磨擦，但我完全找不到磨牙的痕跡，卻看到小豬的腳印，公豬通常單獨行動，只有母豬才會帶著小豬找東西吃。」

雲豹說：「我去追。」便要衝出去。

「不！鳥聲不吉利，不能追！」沒想到猴子制止他。

「等你囉嗦完，豬早跑光了！」雲豹抗議說。

猴子警告，現在是繁殖季，母豬和吃奶的小豬都不能獵，要讓小豬長大，不然會被山神詛咒，以後都獵不到豬。但雲豹像一支飛箭一樣追了過去，沒多久，卻聽到慘叫。猴子和黑熊趕過去，發現雲豹衝太快，滑了一跤，像箭卡在一棵傾倒的枯樹下拔不出來。

「嘿，力氣大很有用吧？服不服氣？」黑熊搬開枯樹，舉起強壯的雙臂，展現胸前的V字，接受雲豹的感謝和猴子的掌聲。

猴子嘆氣說：「我看今天別比了，恐怕在太陽下山前是打不到獵物的，我們會被其他動物笑死，怎麼辦？」

雲豹卻精神抖擻的說：「不用花時間想這些，趕快去做，就對了！」說完立刻忍著痛，敏捷的飛奔著，再次發現了大公鹿的腳印，讓大家士氣大振。

猴子要大家忍住脾氣，好好合作，雲豹把鹿趕往峭壁，黑熊埋伏在石頭後面，的達、的達、的達，鹿蹄發出清脆響亮的聲音，由遠而近，眼看大公鹿就要衝過來了，鳥兒正啾……希……的唱著悠揚吉利的歌……

【簡介】

賽德克族

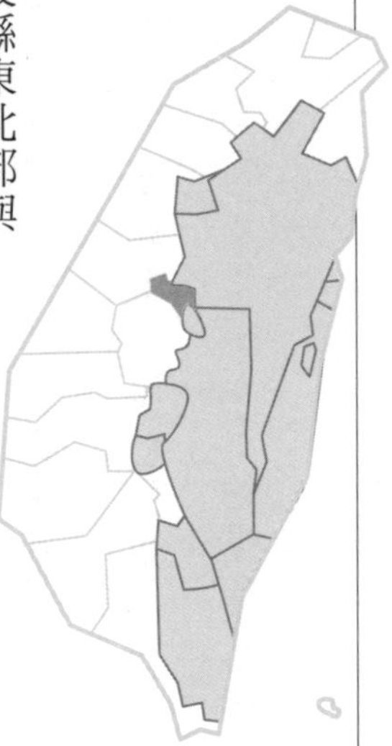

地理分布：主要居住在今南投縣東北部與花蓮縣北部、南部。

人口數：約九千二百七十二人（二〇一五年）。

正名：二〇〇八年四月二十三日，正名成為第十四族。

歷史：日治時代因為各種習俗被限制，造成族人對高壓統治不滿，而爆發武裝衝突，較具代表性的有霧社事件、新城事件、太魯閣事件、人止關事件、姊妹原事件等。

遷徙：祖居地是南投縣的仁愛鄉，移居地花蓮縣秀林鄉、卓溪鄉及萬榮鄉，以及宜蘭縣大同鄉與南澳鄉。

社會制度：屬於以父為主、母為輔的特殊制度，可說是兩性平等的平權社會。社會規範以「Gaya」與「Waya」（譯作族律）為最高標準。在婚姻制度上，堅持一夫一妻制，不接受同居、婚外情、未婚生子等違犯祖訓的不正常關係。

習俗特色：男性編藝精巧，如編織女性用背籃、男性用網袋、置衣物用的衣籃、魚網、魚籠、魚簍及圓箕等。編織材料以台灣黃鱔藤、竹皮及蔴線為主，依生活用具之所需進行籐編、竹編、繩編。女性技藝則以織布為主，線材主要是得自苧蔴纖維的蔴絲，經繁瑣費時的製程後，始能織造出各色交織的布匹，再用來製作衣服、衣飾及縫製被褥。賽德克族最常見的織物顏色有綠、紅、黃、黑、白色等，對紅色情有獨鍾。賽德克族的傳統織布紋路可分為五種，有平織紋、斜織紋、菱形紋、花織及浮織或稱米粒織（Miri）等，浮織紋路是五種傳統織布法中最繁瑣、最困難的，今日尚能熟練織法的女性耆老屈指可數，似乎有失傳的危機。在傳統的器樂上，賽德克族主要有口簧琴、縱笛及木琴等三種器樂。

宗教祭儀：祭典有播種祭、收穫祭、祈雨祭、狩獵祭、捕魚祭、獵首祭等。賽德克族人深信唯有紋面者，死後其靈魂才有歸依。男性一定要獵首成功，手掌留有血痕（呈血紅色），當作烙印；女子部分也有相同的意涵，善於織布而取得紋面資格的女子，其手掌上會因勤於織布而留有血痕，這血色是永不褪色的。唯擁有手掌上有血色，離開人世後，才能通過「生命之橋」（Hakaw Utux）守護神的檢視，靈魂才能夠安然回到祖靈的國度。

小小勇士射太陽

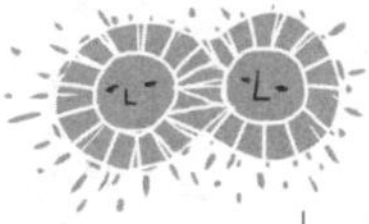

從前從前，天空上有兩個大太陽，地面被烤得龜裂冒煙，草木又枯又黃，小孩沒東西可吃，哇哇哇不停哭鬧，巫師好幾次祭拜太陽，他們卻撇過頭去不予理會。再這樣下去，族人都將被曬成乾了！於是泰雅族的頭目，徵求志願的勇士，要去除掉太陽。

大家都很害怕，皺著眉頭你看我，我看你，太陽比任何鬼怪都可怕，人和太陽比起來，實在太渺小，沒有人敢承擔這個任務。頭目非常失望的說：「真是不幸，族裡有這麼多勇士，卻連一點辦法都沒有？」

「我沒辦法，但我的兒子小鐵木有辦法！」一個宏亮的聲音說。

哈哈哈！大家聽了大笑起來，看看他的兒子，還睡在籐籃裡呢！這剛斷奶的小孩有辦法？一定是在說笑話吧！

「你被烤昏了嗎？」頭目瞪大眼睛問：「你是說，我們族人，全得靠他一個？」

鐵木點頭：「嗯！他射箭射得比我好。」又搖頭：「但也不是只靠他一個，我會用籐籃背著他去。」

「你敢去很了不起，但為什麼背個不滿周歲的兒子？還說他會射箭？」頭目摸摸鬍子，眨眨眼睛說：「你要不要在頭上灑點水，搧搧風？」

鐵木用手指著遠方說：「因為天邊太遙遠，我去過一次，整整花了一年，天卻只近了一點點。我相信，即使花一輩子的時間，也走不到。但是，我的兒子會長大，成為神射手，代替我完成任務。」

鐵木的好朋友哈勇，用力拍著胸脯說：「好！我也要帶著我的小哈勇一起去，這可不是玩笑話喔！」緊接著，另一個勇士瓦旦也說：「我也是。三個兒子的力量加起來，才有可能成功！」

大家聽了，表情從笑鬧轉為尊敬。在族人的祝福下，三個勇士背著他們的兒子出發了。路上，他們把族人準備的橘子拿出來吃，鐵木收集了橘子的種子，對另兩位勇士說：「這是寶貝耶，不能亂丟，要把它種在土裡。」

「這會不會耽誤時間呢？」兩位勇士懷疑。

「這樣兒子們回家時，才會認得路，也才有食物可以吃啊！太陽可沒那麼好對付，如果急急忙忙，只會失敗，要想好退路才行呢。」

「有道理！」兩名勇士聽了，不但把橘子的種子種下，還一路撒下小米種子。

三勇士天天往前走，小孩也一點點的長大。勇士們指導孩子天天練習射箭，還搬石頭跑步，鍛鍊力氣和速度。

一年年過去，三位勇士的頭髮白了，背也駝了，只能拄著長弓當拐杖慢慢走，而三個孩子，已成了三個堅強的少年，把肌肉練得像岩石般強壯，奔跑得比山羊還快。

有一天，小鐵木得意的說：「我的箭飛進了雲裡。」

小瓦旦說：「我的箭不但穿過雲，還射中老鷹的羽毛。」

小哈勇說：「那算什麼？我射中羽毛上那隻小蟲！」

三位老人覺得時機到了，決定要三個孩子先走。

「全帶走吧！」三個勇士把所有的弓箭交給兒子說：「放心的去，我們會照顧自己的。」

三個孩子流著淚，依依不捨的揮別了老人家，還不時回頭，憂慮著，沒有弓箭的父親，會不會被野獸給吃了？但三位老人堅決的要他們往前走。

「去吧！族人們都在等你們把太陽射下來，不要擔心，彩虹橋上的祖靈會保佑我們的。」

三個孩子只好流著淚往前走，乾熱的風，很快將他們的淚痕給吹乾了。越接近天邊越熱，三個少年終於靠近了太陽。他們躲在岩石下，聽到太陽間的對話。

「我們日夜不停工作，讓天地溫暖又美麗呢。」

「是啊！因為有我們照耀，才有光明。」

這讓三個少年起了爭論：

小瓦旦說：「看來，太陽不壞，該讓他們發現自己的錯誤才對。」

「不行，他們驕傲得很，怎麼可能聽得進去呢？我們得偷襲呀！不然太陽一生氣，我們根本沒機會！」小哈勇搖頭擺手的說。

小鐵木說：「天空也不能沒太陽啊，要不然會又黑又冷，這樣吧！我們只射其中一個，然後拚命跑，免得連屁股都被燒焦。」

「還是讓我先試試嘛！不行再說。」小瓦旦堅持先溝通。

「好吧！但如果沒成功，我們就射！」另兩人說。

小瓦旦用茅草編成一隻小鳥，然後躲在石頭後面，模仿鳥的叫聲對太陽說：「啾啾啾，太陽啊，我們快被烤乾了，請您幫幫忙，陽光不要那麼強，萬物才好生長，啾。」

太陽聽了，生氣的從空中噴下火焰，把小鳥燒焦了在石頭上冒煙，然後說：「這傢伙，怎麼不懂感謝，還在那兒胡說什麼？」

這時小哈勇趁太陽還沒發現，立刻舉起長弓，咻！射出第一箭，啊！太陽淒厲的大吼，熱騰騰的血液，像火山爆發的岩漿，滾滾流下，小哈勇因為被岩漿燒傷，光榮犧牲了。小鐵木和小瓦旦拉滿弓，咻咻咻咻，朝受傷的太陽射出所有的箭，然後像風一樣的朝山下狂奔，轟隆！轟隆！太陽發射的火球不斷落下。他們跑到筋疲力竭，發現天黑了，喔！前所未有的黑夜啊，回頭看，受傷的太陽成了月亮，大大小小的碎片成了滿天星星。

小鐵木和小瓦旦將小哈勇安葬，在淚光中，看到天空出現一道彩虹，小哈勇、三位父親和祖靈們，在彩虹橋上露出微笑。

兩位勇士往回家的路上走去，發現他們父親先前種下的橘子，都已經長大。走著走著，年輕強壯的身體也漸漸老邁，兩人拄著長弓，互相攙扶，有一天，走到一個長滿橘子和小米的部落，部落入口還有三個嬰孩射下太陽的木雕。

「哇！這是哪裡？好美呀！」兩人禁不住稱讚。

「看哪！他們回來了，是爺爺說的勇士耶！」部落的孩子們發現了，嘻嘻哈哈的跑來迎接，全村載歌載舞，歡迎英雄的歸來。

【簡介】

泰雅族

地理分布：泰雅族是台灣分布最廣的原住民族群，散布於北部、中部、東部台灣山區，包括埔里至花蓮縣以北地區。

人口數：約八萬五千六百〇四人（二〇一四年九月）。

歷史：紋面不僅是榮耀的表徵，也是結婚資格的證明和紛爭時族群識別的標記。男子經過獵首考驗，女子織布熟練才能紋面。貞潔婦女才可以幫人紋身，而紋身技術常常是由母親傳承給女兒。刺青的工具，是在一支長約十五公分木棒的一端，裝上牙刷狀的金屬針，和一支長二十五公分的棒狀木槌用以擊打，墨汁由爐火中的炭灰製成。紋面風俗在日本人強迫改變下漸漸消失。

遷徙：大霸尖山海拔三千四百九十二公尺，山脈跨越新竹、苗栗、宜蘭及臺中等縣，由於山形有如人的雙耳，泰雅族人遂稱之Babo Papak，babo是山頂，papak是雙朵，合起來是「雙耳嶽」，

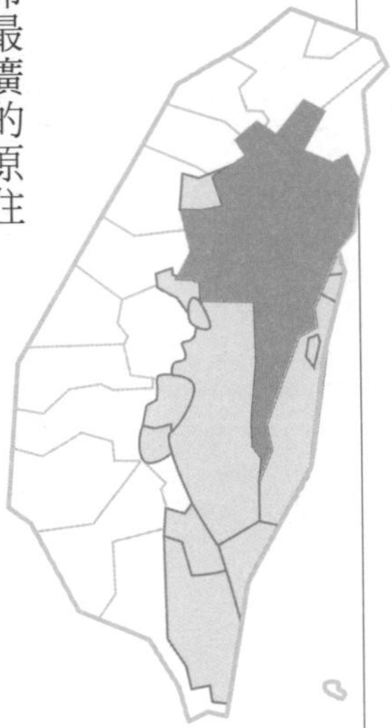

被泰雅族人尊為聖山。泰雅族傳說以聖山為發源地，後遷居南投、宜蘭、臺中、苗栗縣南庄鄉東河村和新竹縣尖石鄉梅花村等各地。

社會制度：泰雅族是個平權的社會，由具聰明才智，有領導能力的人擔任部落領袖。遇到重大事情，由頭目召集長老會議。泰雅族的部落還有其他三個小團體，祭祀團體、狩獵團體及共負罪責團體，通稱 *gaga*。（*gaga* 本意為祖先制定的規範。）

習俗特色：男子精於竹編器、結網技藝，大的如背框、籮筐，小的像首飾盒，十分細膩精巧。女子精於織布技藝，織物色譜大抵是以藍、黃、紅、黑、白組成，紋樣是以菱紋及橫條為基本元素加以組合變化。多彩的橫線象徵通往祖先福地的彩虹橋，多變的菱紋稱為「眼睛」，代表無數祖靈的庇佑。口簧琴舞是頗具特色的樂舞。

宗教祭儀：傳統信仰是祖靈崇拜，相信一生受祖靈引領和庇佑，祖靈（utux）是宇宙的主宰，也是一切禍福的根源，因此泰雅人對祖靈是以敬從的態度，無條件的遵照祖訓，如此便能得到祖靈庇佑，反之，則會受到祖靈的處罰，必須以贖罪的方式獲得赦免。族人會舉行許多向祖靈感謝與祈福的祭儀，包括二月的開墾祭、三月的播種祭、五月的除草祭、七月的收割祭、八月的豐年祭、九月的新穀入倉祭、開倉嘗新祭及祖靈祭等。

雷神下凡來

雷神比瓦在天上掌管打雷下雨的事，他常常很好奇，部落的人們到底都在做些什麼？因為只要他一出現，轟隆聲加上閃電，大家都躲進屋子裡去了，他始終不知道人們是如何生活的，所以非常想了解。

「嘿嘿，讓我變做一個人，到部落裡瞧瞧。」比瓦決定利用不下雨的時間，變做一個年輕男子，來到人間探查。

比瓦來到溪邊，遇到一位美麗的女孩，正帶著陶甕來取水。比瓦驚訝不已，忍不住唱起情歌：「姑娘唷，妳就像雲朵，就像春天的雨滴……」

女孩聽到宏亮的歌聲，不但中氣十足，還充滿感情，讓她想起春天的雷聲，她的心，有如乾枯的樹木得到滋潤，長出小小綠芽和花苞喔！這歌聲哪來的？彷彿從天頂降下來似的，姑娘想，這少年一定既強壯又聰明。

「你是在對我唱歌嗎？」

「嗯！當然囉，美麗的姑娘。」比瓦把剛才摘的一朵百合花，交到女孩的手裡，微笑著說：「只有妳，才能讓我唱出這麼動人的歌聲。」

女孩看到英挺的比瓦，臉紅得像晚霞，她的心好像喝醉了。姑娘和比瓦談起戀愛，每天都一早就去到溪邊，到了天黑才回家。爸爸開始覺得奇怪，決定偷偷的跟蹤女兒，看看到底發生了什麼事。

當坐在溪邊唱歌的比瓦，連跑帶跳的趕過來，卻看見女孩爸爸生氣的臉，嚇了一大跳。

「你，纏著我女兒，到底想做什麼？」

「我，嗯……喜歡你的女兒，想要娶她。」

「不行！」

這時候，女兒努力的向爸爸撒嬌，爸爸還是板著臉。

「根本不知道他從哪裡來，家人在哪裡？要娶妳，得請他的家長來家

裡說親事，還要準備幾條豬才行。」

「爸，可是他說家人都住在天上。」

「哼！這是什麼話呀？我看，可能都過世了，如果是這樣，我可捨不得把妳嫁給他，他想娶妳，就得入贅。」

「入贅，那是什麼意思啊？」比瓦問。

「就是嫁到我們家來，你肯嗎？」

「肯肯肯！」

「好！那我要先考考你，看夠不夠資格。」

「爸，幹嘛這樣呀？」

爸爸攤開手對女兒說：「這個年輕人，各個部落裡從來沒見過，也不知道他有什麼本事啊……」

「岳父，不怕你考，請看，這是我種的葫蘆。」

「別叫我岳父！」女孩的父親搖搖頭說：「我倒是要看看，你葫蘆裡裝的是什麼？呃，這不是鳥吃的東西嗎？」

「哈，這可是小米、稻米和糯米的種子喔！」

當時，賽夏族人過著採集野菜的生活，還不知道摘種。比瓦將種子撒進土裡，施了法術，立刻就發芽、長葉、開花、結穗。女孩將米粒放進鍋子裡，煮出了一鍋香噴噴的飯，父親從沒吃過這麼好吃的食物，覺得很滿意。

「喔，看來，你還真有點本事，嗯，好吧……」

「謝謝！謝謝！」女兒一聽，馬上高興得擁抱爸爸。

「等等，要結婚，還是得準備豬啊！你得先去獵幾隻豬來。」

「岳父，準備豬還不簡單？何必辛苦的去打獵呢？」比瓦仰起頭發出嗚嗚的呼嚎，不久以後，一隻山豬就自己走來，比瓦拔了牠的一根毛，就變成了許多豬肉，再轟隆一聲打個大雷，豬肉就全都烤熟了。

很快的，比瓦就和女孩舉行了婚禮，大家手牽著手唱歌跳舞，比瓦開心的將豬肉、糯米糕和小米酒與賓客分享。比瓦一開始過著逍遙生活，每天和女孩到處去遊玩，整天享受而不工作。但漸漸的，岳父開始對他的遊手好閒看不慣，叫他去開墾。於是他編出五十條細索，拴上五十把刀，走到樹林裡，把刀插進樹皮中，然後輕輕一拉，五十棵樹就倒了，接下來，就可以輕鬆的開始耕種。岳父又叫他去照顧田地，他拍拍手，溪裡的水就自動流到田中，岳父驚訝得簡直閉不上嘴巴。

田地雖然照顧好了，但岳父總嫌他懶，開始處處管著他，比瓦覺得越

來越不快樂。女孩也開始要織布、煮飯、編籐籃……沒辦法和比瓦遊山玩水了。有一天，女孩不耐煩的說：「喂！結婚到現在，怎麼都是我在煮飯，換你去生火，煮一鍋小米粥給我們吃。勤快點，你可是嫁進我們家的呢！」

「嘿，凡人真麻煩，動不動就要吃，我在天上，只要吸一口雲，就滿足了。不是我懶啊，而是你們辛苦老半天才做得好的事，我輕輕鬆鬆就能

做到！」比瓦咕噥著，然後拍拍手，一堆木材和幾片芭蕉葉，就自動走進屋裡，躺在鍋子下面。比瓦為了要生火，又轟隆打了個大雷，沒想到芭蕉葉太容易起火，一下子火太猛，噴起許多火星，屋頂的茅草和屋裡的木頭、竹子都被燒著，紅紅火焰直沖上天，沒多久就燒成了灰燼，根本來不及搶救，岳父和妻子的臉被燻得像木炭一樣黑，比瓦呢？女孩流著眼淚，到處找不到他，難道被燒死了？

這時，天上又打了個大雷，接著嘩啦嘩啦的下起大雨，下了好久，終於澆熄了火。等火熄了，到屋子裡查看，發現什麼都不剩，屋子旁邊卻多了一棵芭蕉樹，這是比瓦留下來的禮物。

比瓦知道，人和神是沒辦法勉強在一起生活的，於是決定就此回到天上，然而，女孩已經懷有身孕，從天上看著她，比瓦總是十分思念和不捨。

人間的生活，他已經明瞭，蜜月的日子結束，接下來天天要開墾、煮飯，做許多繁瑣的事，但神是要指導大家的，不能都用神力代替人們做。

有一天，比瓦在天上聽到哇……哇……的哭聲，女兒出生了，比瓦來到人間，告訴妻子自己的真實身分，給女兒取名「娃恩」。娃恩和爸爸一樣，具有各種神力，教導族人開墾耕作，學會種稻米和五穀，人們都稱呼她雷女。芭蕉葉後來被族人當成起火的最佳材料，父女倆則成了族人敬拜的神明。

【簡介】

賽夏族

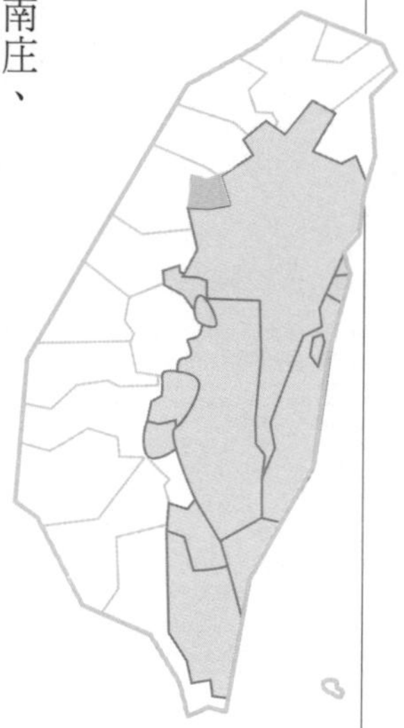

地理分布：主要分布於苗栗縣南庄、獅潭二鄉及新竹縣五峰鄉山區。

人口數：約六千三百九十一人（二〇一四年九月）。

歷史：由於居住地鄰近泰雅族人和客家人，文化吸納了泰雅族與漢人的習俗。傳說很久以前族人曾與矮人族為鄰，後來因兩族衝突，造成矮人族滅族，所以從此才開始有了「矮靈祭」。賽夏族人與漢人很早便有交易，交易的地點稱為「斗換坪」，取「以升斗秤重交換」之意，地名流傳至今。日治時期抗日事件有「南庄事件」、「北埔事件」等，族人也曾遠赴南洋作戰，事蹟有「十八兒義勇軍」等。

遷徙：傳說賽夏族祖先曾自大霸山山麓移至大湖及苗栗一帶，其後又繼續南移。

社會制度：以父系氏族組織為主，各氏族團體傳統各有其象徵圖騰。南、北賽夏族各有頭目一名，各家族的長老地位崇高。

習俗特色：賽夏族的姓氏非常特殊，大抵以動物、植物、自然現象作為氏族的名號，每一姓氏又負責主持不同的祭儀。賽夏有紋面習俗，女子紋在前額，男子紋在前額、下巴、胸。服飾方面，賽夏族的男女大都穿著長及小腿的無袖外敞衣，再加上無袖短上衣，顏色以紅、白兩色為主。祭典時的服飾為長衣，衣服的背面夾織精美的菱形紋飾，另外腕飾、足飾均以貝珠為材料。工藝方面，賽夏族的雙肩帶式背籃編得很精巧。

宗教祭儀：兩年一次的矮靈祭典，保存了代代相傳的文化及追思的美德，是賽夏族最重要的儀式，族人稱「巴斯答愛」，時間在農曆的十月，每兩年舉辦一次小祭，每十年舉辦一次大祭，每到這時候，外地的族人都會趕回來，以最虔敬的心慶祝祭典。傳統上祭典是分做南、北兩個祭團舉行，但若從儀式的意義來說，是整體性的，超越姓氏和地域界限。整個祭儀分成五大部分，包括有迎靈、延靈、娛靈、逐靈和送靈。除了傳統的祭儀之外，族人也深受漢人民間信仰的影響，像祭拜土地公、三山國王和祖先等。麻斯巴絡祭是賽夏族一項特殊的生命禮俗，指一生中最慎重的一次回娘家，向娘家報告嫁出去的女兒終於建立了幸福的家庭。

渡海尋家園

「噓！山魈又來了。」頭目巴里要兒子奇里安別說話，昏暗的油燈下，只看到晃動的影子，颼颼的涼風吹來，被子被濕滑的尖爪輕輕掀起，奇里安對著黑影撲了過去，山魈嘿嘿嘿、吱吱吱，像調皮的猴子般發出尖尖的笑聲，立刻就不見蹤影，巴里要奇里安保護媽媽，自己往樹林裡追了過去。

天亮了，媽媽把奇里安搖醒，奇里安大聲的問：「爸爸抓到山魈了嗎？」

媽媽搖搖頭，苦笑著說：「不，你爸爸白忙了整晚，現在沒蓋棉被，還呼嚕嚕的打呼，怎麼搖都搖不醒。」

奇里安全身毛髮都豎了起來，山魈這頑皮鬼太厲害了，媽媽說，爸爸整晚沒睡，卻只看到了山魈的影子，一個大大的頭，還有八隻腳，像毛茸茸的大蜘蛛。山魈總潛伏在黑暗中，等族人睡熟了，就偷偷掀大家的棉被，害人睡不好，受風寒病倒，整個部落都受不了。

巴里捉妖失敗後，生了一場重病，為了怕山魈再來掀棉被，只好天天穿得又厚又重，且不停的向祖靈呼求、祈禱。有一晚，他做了一個特別的夢。等恢復了體力，他立即召集族人，向大家宣布了重大決定：「讓我們離開山那賽，去尋找新家園！」

大家聽了，開始你一言、我一語，鬧哄哄的討論起來。

「整個凱達格蘭部落要逃走？如果放棄祖先的土地，可能會讓我們全死在海上。」大家擔心的說。

「不！我們勇敢尋找新家園，不是逃走。我夢見一艘大帆船，被天上的光照亮。」巴里舉起手臂說：「所以我們要造巨大的竹筏，勇敢渡海。」

「耶！我要和爸爸渡海！」奇里安雖是小孩，卻高聲大喊著支持爸爸。

「太冒險了，這夢到底能不能信？」大家懷疑的問。

「能！除了渡海，不管往哪裡去，山魈都會跟著我們。」巴里堅定的說。

族人們有很多意見，支持的人開始和巴里一起製造竹筏，反對的人繼續一次一次的對付山魈，但卻一次又一次的被牠逃走，每天哈啾哈啾，連走路都會睡著。巴里和奇里安把鹿皮羊皮緊緊穿在身上，不蓋被子，頑皮山魈半夜來騷擾，總會被巴里用長矛趕跑。巴里帶著族人日夜喀喀喀、咚咚咚、鏘鏘鏘、叩叩叩！奇里安驚訝的說：「哇！這是我看過最大的竹筏耶！」但巴里說還不夠大，又繼續努力，造出一艘一艘比家屋還大的竹筏。

有一天，巴里停止敲敲打打，對大家揮舞著手臂：「航向藍色大海吧！」奇里安興奮的高聲喊著：「唷喝！大海，我來了！」

大家把食物、飲水裝上船，整個部落的船隊，在一個晴朗順風的好天氣，告別家園出發了。船隊順利的破浪前進，很快就遠離了山那賽。大家終於在竹筏上一覺睡到天亮，沒有再被山魈騷擾。

但大海沒有藍多久，就開始變得灰轉黑，狂風推擠著大浪，大雷雨像石塊一樣嘩啦嘩啦落下，竹筏開始進水，帆也被吹倒，帶來的食物和水罐，很多都掉進海裡，大海茫茫，沒人分得清東西南北。大家又餓又渴，全身濕淋淋的，海風呼呼的吹來，只能抱在一塊兒發抖。

一天早上，大家發現奇里安竟然不見了！會不會是在大浪時掉下水了？巴里夢見天神將奇里安護送回來，又相信他很會游泳，一定還活著，於是讓整個船隊在海上兜圈子尋找。找了好幾天，大家再也受不了，噓聲四起，對巴里不再信任。

有些人說：「換個方向航行吧！」「為了全族，重選一個頭目吧！」

巴里揮手要大家安靜。「好，你們都有道理，但誰能告訴我，接下來要往哪個方向去？」

有人說：「應該往這邊。」

有人說：「不，這邊才對！」

最後大家爭論起來：「不是，不是，要往那邊！」

「如果分散行動，一定更快就完蛋，不如繼續聽我的，往海鳥飛行的方向航行，海鳥不會迷路，一定會往有陸地的方向飛。」巴里強忍住傷痛，讓滴滴的眼淚往肚裡吞，放棄尋找奇里安，並努力的說服大家，跟著海鳥航行，終於停止了爭論。

整個船隊繼續漂流，太陽簡直要把人像烤魚乾一樣烤得又硬又焦，大家的嘴唇乾裂、喉嚨像火燒。有人哭著說，族人放棄土地，被天神詛咒就要毀滅了，也有人咒罵巴里出氣。巴里被曬得像魚乾，只能用沙啞的聲音呼喚族人，和他一起向祖靈跪拜祈求。拜了好久，膝蓋都麻了，聲音也沒了，太陽沉入海中，夜晚如張著大嘴的妖魔，不知一覺醒來，又有幾個族人會被吞吃啃食？

忽然，天空出現奇異景象，一艘外型有點像斗笠，又有點像椰子殼形狀的綠色飛船，發出月亮般的光芒，飛到竹筏船隊的上方，掀起一陣大風。大家害怕極了，一直向祖靈禱告。忽然，飛船下方出現一道金光，一個全

身發亮的人，頭上有突起五枝尖尖的亮線，牽著奇里安從天上降了下來，還拋下食物和清水，大家下跪膜拜，驚訝的說：「雷公神降臨，有救了，有救了！」

巴里驚訝的喊著：「奇里安？怎麼會是你？我不是作夢吧？」

奇里安哽咽的說：「為了幫爸爸的忙，那天夜裡，我去撿掉在海上的帆，沒想到被大浪捲走了，還好被坐著『葛霧』飛船的人救了起來。他們很好，不但照顧我，還陪我玩……」父子緊緊擁抱，都流下了感動的淚水。

經過困難艱辛，族人們終於成功渡海，來到現在的三貂角，奇里安請大家幫忙，在七星山上堆起一座金字塔，成為「葛霧」降落的地方。奇里安還常常到「葛霧」上去玩耍和學習，後來他不但成為頭目，還學會了煉鐵、燒陶等各種技術。為了紀念與感謝，凱達格蘭族人在七星山的山頂，刻下了雷公神模樣的圖騰，還留下許多神祕的圖案和符號。

【簡介】

凱達格蘭族

地理分布：分布於淡水、台北、基隆和桃園一帶，以台北盆地為主體。

人口數：為台灣平埔族原住民，漢化徹底，難以統計。

正名：人數不足，語言消失，正努力恢復中。

歷史：從挖出遺物推斷，凱達格蘭族人可能在相當於漢朝的時間就已經進駐臺北盆地。他們很早就懂得燒陶、織布等技術，並嘗試煉鐵，只差一點就成功了。他們以漁獵和農耕為生，並與路過的商船、漁船進行貿易，遺址中曾發現許多陶、瓷器的碎片，還有從南洋和中國來的器物，可以證明海上貿易的頻繁。凱達格蘭族人在台北市、新北市、基隆市和桃園縣北區，陸續建立了三十多個聚落，和蘭陽平原的噶瑪蘭族，也有血緣關係。台北地區今日的許多地名，都是沿用凱達格蘭語命名的，例如：「釣魚台」是凱達格蘭語的閩南語譯音，原意是指「跳板」。「北投」原是指「女巫」，因為做法時會燃起煙霧，與溫泉冒出的蒸氣很相近，因而得名。

遷徙：根據傳說，凱達格蘭族的祖先，因為被一種在夜間偷掀族人棉被的妖怪「山魈」騷擾，晚上睡不好覺，因過度疲倦而生病，白天也無法好好做事，終於忍無可忍，從南方的「山那賽」渡海，尋找新的家園，經過了艱苦的漂流，終於在今日的三貂角附近登岸。在海上一度迷途，飲水和食物都消耗完了，幸好椰子殼形狀的綠色飛船飛來搭救，上面出現一種頭上有五根亮線、身上會發光的神明，便是被雕刻在七星山祭壇上的「雷公神」。

社會制度：母系社會，女方懷孕生子後，去男方家迎婿入贅。

習俗特色：男子穿耳洞，女子斷齒（十五歲時，斷唇兩旁二齒），手足則刺上花紋，象徵地位。婦女平日戴頭巾，愛好瑪瑙珠、貝飾和植物珠項鍊。

宗教祭儀：「作豚」祭典，在農曆二月舉行。六月的祭典是在祈求漁獲豐收，八月的祭典則是感謝祖靈庇祐農作收成，他們會以其神聖的植物山橄欖當作祭品。

文學館

妖怪、神靈與奇事：台灣原住民故事

2016年5月初版
2022年5月初版第五刷
有著作權・翻印必究
Printed in Taiwan.

定價：新臺幣290元

著者	王洛夫
繪者	陳盈帆
叢書主編	黃惠鈴
叢書編輯	張玟婷
整體設計	李韻蒨
校對	趙蓓芬

出版者	聯經出版事業股份有限公司
地址	新北市汐止區大同路一段369號1樓
叢書主編電話	(02)86925588轉5313
台北聯經書房	台北市新生南路三段94號
電話	(02)23620308
台中辦事處電話	(04)22312023
台中電子信箱	e-mail:linking2@ms42.hinet.net
郵政劃撥帳戶	第0100559-3號
郵撥電話	(02)23620308
印刷者	文聯彩色製版有限公司
總經銷	聯合發行股份有限公司
發行所	新北市新店區寶橋路235巷6弄6號
電話	(02)29178022

副總編輯	陳逸華
總編輯	涂豐恩
總經理	陳芝宇
社長	羅國俊
發行人	林載爵

行政院新聞局出版事業登記證局版臺業字第0130號

本書如有缺頁，破損，倒裝請寄回台北聯經書房更換。 ISBN 978-957-08-4722-2 (平裝)
聯經網址 http://www.linkingbooks.com.tw
電子信箱 e-mail:linking@udngroup.com

國家圖書館出版品預行編目資料

妖怪、神靈與奇事：台灣原住民故事/
王洛夫著．陳盈帆繪初版．新北市．聯經．2016年
5月（民105年）．216面．14.7×21公分（文學館）
ISBN 978-957-08-4722-2（平裝）
[2022年5月初版第五刷]

947.1 99009386